图书在版编目（CIP）数据

风的秘诀/李萍著. —北京：地震出版社，2019.11
（当代著名作家美文自选集/凌翔主编）
ISBN 978-7-5028-5092-0
I.①风⋯ II.①李⋯ III.①散文集—中国—当代
IV.①I267
中国版本图书馆CIP数据核字（2019）第190351号

地震版　XM4462/I(5810)

风的秘诀

李　萍　著

责任编辑：范静泊
责任校对：凌　樱

出版发行：**地震出版社**
　　　　　北京市海淀区民族大学南路9号　　邮编：100081
　　　　　发行部：68423031　68467993　　传真：88421706
　　　　　门市部：68467991　　　　　　　　传真：68467991
　　　　　总编室：68462709　68423029　　传真：68455221
　　　　　市场图书事业部：68721982
　　　　　E-mail: seis@mailbox.rol.cn.net
　　　　　http://www.seismologicalpress.com

经销：全国各地新华书店
印刷：北京楠萍印刷有限公司

版（印）次：2019年11月第一版　　2019年11月第一次印刷
开本：710×1000　1/16
字数：174千字
印张：13
书号：ISBN 978-7-5028-5092-0
定价：49.80元

版权所有　翻印必究
（图书出现印装问题，本社负责调换）

目 录

第一辑　或柔软或坚硬

呈现或追忆　002

爱在世间洞悉的宁静中拔节　006

想象渐渐温暖　011

那一刻，雪在飘落　014

请原谅我成为此时的过客　016

梦境与片段　018

一些故事短过旅行的其他　021

用喜欢打开一把锁　024

在孑然里超然　026

种子一样自然生长的情愫　028

重逢是岁月决定了的决定　036

第二辑　风的秘诀

把所有的才情都依托风捎给远方　040

思念上瘾，我承认与真实的忧郁有关　045

我在哭泣中结束一茬又一茬的相思　047

偏执的喜欢与伤心也是幸福　049

如果我是风送给你的囚鸟　052

蜷缩在风里怀念　054

对鱼儿的回忆从零开始　056
来世做你的妖　059
与你的重逢一如初见　063
把深藏不露的心事说与骆驼　065
阅读与被阅读　068

第三辑　与光阴对决

疼或不疼的时光　074
春意上升在我的字里行间　079
守着你直到坚硬的光阴变得柔软　082
心的发线贴了一枚季节的标签　086
心事或深或浅　088
一个默默结籽，默默枯萎的夜晚　090
秋声中的合上与打开　093
霜降之前，遇见彼此　095
如果满城飞雪，我们可以远去　097
不肯忘记的安静与寂静　099

第四辑　山水的词语繁花似锦

草尖上的伊犁　104
风领着我穿过河西走廊　108
戈壁·想念　112
格尔木情愫　116
成都是一封我读不透的情书　123

亿万光年的情愫里想念犍为的所有　130
鹤壁，从临夏抵达的秘语　134
在巩义，爱迁徙　139
安且吉兮　143
用转山转水转佛塔的行囊歌唱宁远　147
云端上的甘南　150
永靖私语　155

第五辑　黑白时光的表白

安静的一月　166
二月的习惯　169
在三月，一次次饮下文字的毒　171
四月的忧伤　173
五月的香气圈住生长的灵魂　177
六月的素与简　179
七月的风持续不断地吹　182
用惊艳修饰八月的晨昏　186
九月渐次打开诗草的前世今生　189
十月的心事　193
做一朵十一月的霜花穿透宿命　197
十二月的阳光与风描述幸福　200

第一辑　或柔软或坚硬

呈现或追忆

1

一筐一筐的荒凉，被我舔舐到害怕后，剥离的一些愤恨供养灵动。

那些愤恨是关于爱的法则。

沉湎，怅然，颓废，癫狂，痴迷。夺取，占有，藏匿，霸道。这些都有规矩。

索性，做一个破坏规矩，破坏法则的人。

南方有雪，北方落雨。神灵在偷换法则。

我暗喜，我多么懂得神灵的旨意！

2

风的行踪，五颜六色，荡在时光的秋千板上，一晃一荡，一荡一晃，就晃荡出了人间。

素白在伺候温暖，温暖在雕琢素白。

有些爱开始纯洁，开始在纯洁中丢失一些表情。

我猜想我的表情有些深奥，思绪各司其职的假惺惺，像青砖上的花朵，盛开的冰冷。

童年在歇息，停留，张望，在追忆过往。

3

秘密是蛰伏的红蚁，钻入季节的灵魂，窃取我的灵感，歪歪斜斜出几行忧伤。

麻雀，像拳头大的句号，用跳跃结束通篇。

聪慧与伶俐的初夏，在我没打算穿长裙的清晨醒来，一身布衣，左手软毫，右手硬毫，左右开弓。

"唰唰"几笔。一个突如其来的傍晚，霜雪晕染美好。

于是，慈悲温热慈悲。

4

美好就这样被晕染，爱很仔细，在大地上铺陈日子。

麦花同心花一样，成为光阴的金牌客户。风雨、阳光，打折、征集五味杂陈。

分行诗的漏洞，不需要说出来。时光会操刀，风会持剑，霜会提镰。伴随的伤，热爱沉淀正午的苍茫。

此时，我的一筐筐荒凉有些矜持，站在一旁沉默不语。

心的田埂既宽又窄。神鹰伸开臂膀平稳思绪，在灵感的海岸线踱步，在"神不能抵达的领地"念念有词。

5

你是旁观者,我也是旁观者,村口的风也是旁观者。

北方无稻,南方无麦。黄灿灿的麦子金子一样惹眼,晶莹的米粒珍珠一样剔透。麦子与珍珠米在豁达里独断专行地做着省略号。记忆里的草帽是稻草人的标签。

曾经,我打碎过的一只碗,瓷片散在怀念里,成为青春无字的回忆录。

车前子挡住的一把冰草,蓊郁了远方,蓊郁了蓊郁。

长大了,却羞于提及爱情。

6

曾经也很安静。抬眼,阳光在碎叶间闪了又闪,躲着我也躲着时光。

我拉低草帽,穿过童年,越过少年,步入青年,跌入中年。

乡村与城市的一生,阳光在背地里操控的娴熟。一些故事还很新鲜,流着醇香。风变得古老。

老牛的眼里长出的青青牧场,像秋天的童话,渗透着丰满。岁月不老,老牛老得干瘪,骨瘦如柴的目光在一柄匕首的狰狞下合上秋草的疯长。

瓦楞上的草开始结籽,而后又落入瓦楞。檐下的石子,最早触摸阳光的渴望,与瓦霜一起打败早春。

7

  一茬一茬，一拨一拨。万物走的走了，来的来了。不该走的也走了，走的安之若素。在死亡面前，老屋没有权利选择。

  秋歌与唢呐，吹吹打打出高堂与灵堂，叩拜与凭吊，谁都无法逃避。

  黑猫的白日梦做得多了，夜间的巡查有些拖沓。与角落闪过的老鼠各自为政，多年来，见与不见，都是老屋碎碎念中的叹息。

  我的骨血抽干了，老屋还是那个样子。这么多年，保留需要勇气。

  我开始在这样的夜晚，让勇敢与懦弱呈现或追忆，没有力透纸背的分量。所以我只能做一只猫，夜里疾行，白天做梦。

8

  清晨在经典中拉开距离。与风、与光影、与你、与我的距离。风送的月色，我刻在了眼眸，想必你看到了。因为我在月影中读到了幸福和甜蜜。

  依照惯例，年轻时对于爱，对于情书，我们是蒙在鼓里的。

  行走与风，如影随形。往事删减的一部分相聚与爱的阴晴圆缺，有刀光剑影的悲怆。

  我用自恋倒序、触摸，一些回不到从前的情愫，在长发及腰的故事里走远。夜色的爱恨情仇在呈现在追忆，在重复中简单。风懂得我的纤瘦，唯愿你懂。离开这个黄昏，我在继续。

  风来秋兮，风去秋兮……

爱在世间洞悉的宁静中拔节

1

在一个冬雨漫漫的拥抱里，千里之外的有个地方，把我变成一株忘忧草。

向阳的山坡上，一些祝福在散步，一些关爱在发呆。阳光疾行，草芥的心事，忽然被放大，宛如我的沉默，明晃晃在陌生里。

我不想与那朵最晶亮的雪花亲吻，我怕搁在云朵的一些期望会化为一滴水珠。

有些情形就这样穿插在灵魂里，穿插的样式没有辜负你我！

我还是有耐心的，在来往的风中，一辈子的飞翔泅渡了天荒地老的思念，覆盖我的那场精神大雪，洁白如絮，漫在记忆中。

我走近你，在一纸流年最深的烟火里，收藏了关于你的消息，包括想念与擦肩而过，以及更多的驻足。

做个善良的人,随风而行,穿透心壁的目光洞悉世间的寂静。

2

心总会疼。欢喜与悲忧打劫的一丝惦记,花开经年,爱很奢侈,所以只剩下喜欢。

喜欢也是美好的事,我宁愿欢喜地咀嚼青春,也不肯安放一隅的些许惆怅完结诗歌。

隐形的口红,妖艳在窗外的叶子上晃出某个人的脸,目光清澈,不知有意或是无意,袭击我彻夜未眠的倦怠。

一些场景无可救药地晃在光影中,拔不掉,钉不进深陷的情,日子默默保持着恒温。

一遍遍,一次次。

在山的那侧,宁静在固守,我在遥望。远方,身影与忧伤依然,辗转,回旋,如鸟驮着一切。

因为你,我滑入曼陀罗围筑的想念徒手抢夺爱。

因为天真,所以认真。因为认真,所以很天真。

3

我心甘情愿被你的眼神切割,即使灵魂病入膏肓,也不愿舍弃有毒的解药。

在黑暗里,一轮落日里,想念是冬日黄昏青丝涢开的心事,盘根交错的图形,只有我们懂得,对吗?

记忆依依不舍,淡然、安静、羞怯、遗忘的时光,在某个夜色的拥抱里,被剪影、被临摹、被复制、被粘贴,最后烙在心底的格图上。

让记忆像散文诗一样精美，多么不易。

史诗样叙述，结局究竟怎样，不去想象。

剔除虚伪，挑开恭维，一切那么简单。

一刀一刀剪出的爱，碎成地花，盛开的方式明明暗暗，保持的态度，连同姿势却没变。因为浇筑了水银。

我们即使是彼此的过客，也要永恒。

4

我的身影渐渐消失，除了你，他人多看几眼都没用。

终究要别过，走的远些，更远些。从远方，复位，有些不可思议也是情理之中的。

一面心伤的镜子，映出一招一式的欢喜。写诗的心境，假装懂得，深藏的痴傻，只有自己明白。

缝合是需要勇气的，宛如我灵魂的游走。

村庄终是留在最后拥我入怀的人，一次次的寒冷中只要看一眼那堆黄土，所有的伤痕被舔舐干净。阴阳两界的草，在我的心底扎了根。

忘了怎么是好？所以一直深深不忘。

岁月有时很残忍，也很惨痛。那么那么爱的人，几年就被黄土搁浅在时间的留言簿上。日出日落，晨风暮雨，秋霜夏雾，散淡的氤氲，荒芜的有些哑然，笑不合时宜，却很伤悲。

爱的一些伤害方式，风不用教就会了，还很娴熟。

曼陀罗的一生，节节败退在记忆中。那些雕在书页上的渴望，温暖心壁的青苔，与记忆一般的厚绿，反反复复，撩拨岁月的一滴爱情。

5

古城的青砖在脚底铺筑的温度，掠过时空挂在垛口一角，任风吹，一天天，一月月，一年年，几千年就这样过去了。

裂缝，在青砖亲密接触中衍生，讲述往事。

我很安静，无论站立或坐在城墙根下。目光必然是苍凉与悠远的。

发丝被历史抚摸着汗津津的过往，骑自行车的男孩女孩，瓷一样的青春，与几位外国游客肃穆的歇息，孑然又安然。

我是沉默的，又是百无聊赖的。注目男孩轻捋女孩的长发，爱情的气息漫过雾霾，天空一下透亮起来。

一步一步，信步的豁达，脚步丈量的宽度，在护城河漾出一个个画面。

我可以忍住悲伤，但忍不住想你。所以，当众人之后，我才姗姗来迟，捕捉遇见的一世情缘。你感觉到了吗？

请允许我如此想念。用傻笑，用瞬间的永恒，用光影，用热情，用远方……

6

在一个陌生的城市，我坐在被祝福打造的咖啡店里，一杯橙汁很暖，吻合发呆。

音乐杂乱，我的心蜷缩在一个角落，歇脚的姿势很涣散。

酷似在麦当劳在德克士，匆匆与舒缓成为饕餮者，又吃，又喝。顺道捋走一把把的美妙诗歌，还有时尚。

我起初是呆滞的，后来也开始打盹，最后入梦。

梦中，秦人、唐人、宋人，相向而来。作揖，拱手相让，让我起驾，让我用膳。那些陶土团出的人和动物，双目炯炯有神，友善。

鲜花，林荫道，银杏树，柿子树，还有青木瓜，都挤进梦中。导弹，军用飞机，餐厅，兵弟弟，都跃动后纷纷沉入安静。

你最后才入梦，甩甩时光的水袖，只一眼，就不见了。

心揉揉眼，酸困的发呆，在浅淡的灯光下，忽而澄净。用温暖搓搓心情，继续发呆，也是幸福……

想象渐渐温暖

1

　　一朵九月的山菊，盛开在你我的眼底。娇羞，妩媚。游离的心思，无法躲开慌乱。

　　心事在山坡与菊黄相对，一些敌意在草尖的露珠上闪闪发亮。

　　雨滴，突然迎合心事，湿了心情。

　　你金贵的一瞥，就是那么一瞥，令你完美成一朵花，漾在诗歌的版图上，洇开一抹相思。

　　是否？那方最深的秋色，魅惑了陌生？

　　一只灰鸟飞过，蓝尾倏然的姿势，是我扑腾的心事。

　　山坡上风的眼神很犀利，我难为情地低头，偷偷瞄一眼毛毛虫爬树的神情，在属于我的独角戏中做着主角，反反复复。

　　玉米，灿然金色。一方麦田宣腾腾的热情，混搭着杂草的着迷。

在茶香弥漫的一个清晨，我以咖啡混搭诗意的行走。

老屋熟悉又陌生的坐姿里，你很显眼，我也很显眼。

老屋在阳光下很年轻，我也似乎年轻了，悄悄地把一些欢喜摁进瞬间。

2

当我把关于某个人的记忆从乡村的通讯录删除时，我原谅了自己的悲伤。

一直以来，心花开着就开着，至于香甜与否，我一点也不在乎，也没有什么煽情的词汇让我上心。直到你哼唱的温柔在一隅响彻我灵魂停靠的码头。

一直以奔走的方式，穿行。然后，与一只流浪猫说话。

你就是这样被我描述给猫的：浓眉大眼，玉树临风，偶尔会戴墨镜和帽子，会在雨中健步如飞，会在雪夜马不停蹄，弹唱一首让许多人沦陷的歌后头也不回地走远。

风是安静的，安静地穿行，安静地聆听。

我描述着，反反复复。猫儿或许是厌烦了，没有听完我最重要的一句话就走远了。

所以，我分不清你变成了猫还是猫变成了你。

3

我借了三两月色，彻底灌醉自己。然后，然后泪流满面。

无风的夜晚，沙迷了我的眼，滴滴泪里满是思念。还有爱沸腾的味道，姥姥怀抱的味道，父亲目光的味道，远又近。

一季的花谢了又开了,你的眼神憔悴着一颗颗文字。

我逼退自己的忧伤,暗地里用微笑用月光犯的错惩罚月色。

其实,在风熟悉你的味道之前,我是一粒雪,像米粒一样的雪,簌簌在每一个有你气息的字里行间。

爱的路上,我丢了自己。我一直在沦陷。

我是不甘心在飞雪飘飘的清晨离去的,类似爱情的东西,横亘在山河之间。转身就是陌路人,有些荒唐却很真实。

我在月光里掏了个洞,把你深藏。继而在夜深人静时,在回忆里品尝,认真又奋不顾身,那些回忆还设置了密码,世界上独一无二的密码。

4

有时候,我的意念紧握一杯茶,不确定要喝一口还是只是看看。茶叶的浮沉,如同你的脸,在记忆里渐渐清晰。

想象的亲近,在杯水里翻腾。悲伤是叶尖盛开的水花,那些相见的欢喜,在风一笑而过的沉默里沉默。那么只有在错误里收回枯萎的温柔,我们一起向左又向右。

听说你想向右转时,我已经把缝缝补补了数次的遇见想象了很多遍。

听说你酒后失言,说很在乎我时,我的灵魂已经彻底返乡,返在你的眼底深处。

时光与风,两两相望,我感到了温暖。

很多人在你的歌声里迷失时,我闻到了香甜的味道。

所以,一些孤独的承受也是温暖的。

熟悉的感动在纠缠。纠缠的春去春来,温暖在风的誓言里古老所有。

那一刻，雪在飘落

诗歌的王朝拒绝我的风尘仆仆时，我的手稿遥迢了石子路。

一枚秋风撩起的诗句，当众戏谑我苍白的深情。空洞开始盛开遗忘的花朵，浪漫的紫色沉默又沉默，空气里流逝的温情，有些宏大。

我看到，那一刻雪花在飘落。

晨霜变得刺骨，一根银针在缝合心的恍惚。一些疼痛毫不掩饰，与秋蝶的羽翼一起禽动。晚点的列车恰好路过，对我惶恐的骨血视而不见。

我定在原地，无法在热烈的目光里拔出并不沉重的双脚。因为很疼。

陌生变得完全陌生，最初的窘迫挤压出邂逅的惊讶，捂着口罩的封面，有了魅惑的滋味。

我茫然四顾，直到雪的飘落。

拿什么抵御这气吞山河的架势？拿什么拒绝这无缘无故的爱？

亲密的文字，成为初夏里的一朵牡丹，意境都变得国色天香。

梦的国王，不敢读我的文字，我只有伴着咖啡、音乐、午后的阳光、晚风、夜色，伴着一壶光阴，洇开墨染的宁静安静。

　　诗友说，要抱住我的心，否则我会走丢在思念满溢的清晨。

　　我说，不怕，不用抱。我的心贴了标签，永远不会走丢。

　　可是，一些情感走着走着，却丢在了人海。封尘的心，累积的硬又冷，任凭再柔软的文字，也捂不热。

　　被肌肤被血肉凝结的心，怎么那么金贵？

　　当市面上的一些东西变得昂贵时，真心似乎变得廉价。

　　隔着筋骨，我撕裂肌肤，一层一层剥离自己的心。心本该是红彤彤的，扑通扑通直跳的，我的心怎么就不跳呢？我无比慌乱，信手扯下一些布满诗句的布条包扎，凡是让心能舞的动作，三番五次地尝试。最后，又放入。

　　奇迹不是奇迹，心开始跃动。

　　我狂喜，把惊讶捎给隔山隔水的友人，陈述心复苏的过程。

　　一些字句，也就顺着风的方向，紧紧抱住我的心，走走停停，左看右瞧，撞出一路喜怒哀乐。还没有来得及梳理的意念甩开冰冷，在春日的一个午后，一杆瘦笔，一把老的不能再老的二胡，敲打出属于自己的一个空间。

　　你来的时候，我的心恰好有了热度。

　　你来的时候，春花恰好俘获风的心。

　　你来的时候，恰好雪落。

015

请原谅我成为此时的过客

1

把你的眼神，反复咀嚼后，放入一个尘封的罐子。

那个罐子，黑的不能再黑，沾满了日子的尘烟和主人的爱情。罐子是我借来的，一直没舍得用。今夜，翻出来，架在岁月的炉火上，放几枚爱的叶片，倒些悲伤的水，目光为柴，记忆为火，熬了煮，煮了又熬。

沉闷的巨大声响，在一个漆黑的角落冒泡，抗议别离来的太快。

我快快地，盯着还未煮好的罐罐茶，任凭无味扬起一个叫思念的名词。

形容词，副词，名词，动词，手舞足蹈成昔日粗茶淡饭的爱情。

情歌开始被关注，一句句渗入骨血的歌唱，被风反反复复描摹，光阴的几个空瓶子，塞满相思。

2

风说，罐罐茶里的爱，叫你喝不够。

云说，炉火上烘焙的情，三生石上刻不下。

小屋沉默着，一声叹息，我泪如泉涌，握紧深秋的茶杯，一口咽下。

于是，鸟鸣，花朵，田野，耕牛，羊只，狗儿猫儿，还有三两只麻雀，与檐下的青苔，打劫了我。

墙壁始终斑驳着，不用李白的挖掘机，不用陶翁的铲车，不用李清照的锦书，只用你的眼神，轻轻一瞥，我的文字轰然倒塌，成一粒尘埃，席卷所有。

我们在各自的远方，原谅着碰面的美好。

3

你来了，在秋叶的旋转中。

我驾着马车，慢腾腾，晃悠悠，步调镀着月色。

你手握经卷，摇头晃脑，念着我写的诗，唱着我写的歌，从西元前赶来。

日子，忽然温热，被我现磨的咖啡，居然成了罐罐茶，扑腾着热气，扑哧哧，扑哧哧，作响在平静里。

我倦在山水深处，一颗心明暗相应，成一幅西画，被你珍藏。

小屋很老，窗户很旧，窗格破损，几根柱子，支撑着一个所谓的归宿。

雨落之前，我坐在山坡上歇脚，忽然想到你，想了又想之后，打算借宿异乡。

此时，请原谅我的路过。

梦境与片段

1

　　云朵一点也不多愁善感，否则怎么会衬出天空的深邃呢？渗入骨血的蓝，在安详地行走。

　　一些不屑的感动，纷纷藏在一汪诗情画意中躲避风的缉拿，纸上的花朵，是抢劫犯，一声不响地拦截了远行。

　　回忆很温柔，走走停停，温热坚硬堆砌的空间。停留，驻足，层层叠叠的时光投下的安然，抒写在云端。

　　铺天盖地的沉静，滤去心的尘埃。

　　是梦境？是片段？是西画？不，都不是。

2

虔诚躲在一枚石子的影子里,不容置疑地恬静沧海之水,规整地模仿自己,诠释自我。

心的自画像,被阳光雕琢在尘世的天堂,旧得发亮。

遇见彼此。即使再不舍,也有寂然离开的一天。

季节的幕布落下,风花雪月只是零星的光。

安静的动感,把黄昏与光影喂养,眼神依旧笑靥如花,心热烈着,当然还有牵挂,你感觉到了吗?

3

风传递了念念有词的话语。那是你给我的祝福吗?怪不得我手忙脚乱。于是,花开之前,我们遇见彼此,俘获一切。

喜着,乐着,即使有些感伤,依然安静,在安静里汹涌意念。

我分明听见风的心跳,噗通噗通,隔着所有,在那头!

云朵的心事,想来是挂在松间的。否则,为何鹰的目光会镀上生生世世的金黄,在我抵达的时刻,纷纷掉落呢?

4

一个人,把所有的挂念,串成一枚思念,捎给风,呼吸了无数次的记忆,悬在一片秋声里。

我的文字懵了,不知所措。听不见一点你的声响。

是否该把我扔进辽阔的秋声里,寻觅记忆曾经的安静,以慰藉那些片段。

那么多年，有个人一直霸占着我的心田，种了一种叫含羞的草，栽了一棵叫相思的树，还蛮横地开了一个池塘，养了几尾叫忘情的鱼。

含羞草，相思树，忘情鱼，轮番上演着一个关于爱情的故事。

5

远远的苍凉，无尽的苍凉，开始在梦境如影随形。

淡然的惆怅，加深了秋色。

反复了一万次难心与心难的角度和位置。诗意里，你藏在哪里呢？

我跺脚，我俯卧，我叹息。我允许向自己撒娇。

我搓着心事，裹着连根拔起的不舍，装进思念的邮件，复制、剪切了数以万计的等候，封口，打包，飞离西北高地一个阴冷的午后。

6

我在游走，以流浪的模式穿行。

那年，我攫取了博物馆的记忆。许多次的犹豫之后，把一块四千年前的玉石，一把青铜的斧钺，一对宋代的瓷碗，埋入我的心田。

有多少的过目不忘会传遍我的山河？有多少的鞭痕穿透骨髓？有多长的河流过远古的步履？

我的爱是美人脸上的雀斑，一生都被占卜！

一些故事短过旅行的其他

1

我走出你歌声的村庄时，你摘了一朵蓝色的雏菊给我。

我紧紧攥着，默记关于你的副歌。在我看来，副歌很洒脱，幸福的风格穿越了白昼与黑夜。

一想到从前，你的歌声翻山越岭来看我，我是想写一首情歌给你的。

可惜到现在，我还是没有写出一个标点符号。爱精心雕刻相见的分分秒秒，用"软禁"掏空记忆。

心会疼，那些疼席卷了世上所有的疼。那些疼之后，听着你的歌让一杯卡布奇诺变凉，想念成为习惯，也成为戒不掉的瘾。

咖啡馆里的音乐，缓慢出爱。那些爱，一次次地审判我，直到心疼出一首无关的歌。

爱很简单，爱也很奢侈。

2

春风粘住冻结的时间，一再让一些传言成为传言。

我对传言漠视了很多年，那是我的风格。

这些年，我打算在城里盖一间草屋，用爱做梁柱，喜欢做草帘，想念做窗，只要够我们写满无字的情书，念给彼此听。

然后，煮茶，夜话，一直到对视凝霜，一直到琴弦上弹奏的吻痕依旧，一直到眷恋坦诚，一直到云朵的泪痕憔悴无声的夜。

我想我是愿意抱着你的。我的目光抱得动经年的脆弱，我的文字抱得动累世的霜雪，我的爱抱得动从前的蜜语甜言，我的行囊抱得动所有的花朵，我的背包抱得动天下的欢喜。唯独，抱不动你的背影。

风在我的体内穿梭，肆无忌惮地横扫别离，只差那么一点碰触我的底线。

于是，我选择远行。

3

路上的花开得正美，我在即兴表演欢喜。

其实你知道的，我还是喜欢那朵雏菊，即使枯萎也不愿剪掉曾经绽放的爱。

难舍难分的离别，在季节奋不顾身的转身里放大简单。曾是孑然的惶恐，最终在没有防备的日子里，让河边的石子都静默到花开。

我是不愿再走一步的，灵魂却执拗地走着，露着爱的脚趾，起茧的故事，安静着我的执拗。

我打算再赌一次，用激情买单，再度把与你的对白过滤到只剩三个字。那三个字我不说，你懂得。

要是能重来,我一定做个浪子,冲破世俗的牢笼,爱的高端,爱的高调,即使两手空空创作的情歌,也够风传唱几百年。

我一生清贫,无法支付昂贵的时光。那么就让我游离在游戏里,不管结局,自始至终放大爱,放大你的爱,用我的一辈子的心疼。

用喜欢打开一把锁

　　如果有一天我累了，倦了，想歇歇脚，想叙叙旧，想喘喘气，是否还有人陪呢？

　　我打断假设时，月色还好，一切还好。

　　一把古老的锁横亘在我记忆的山岗，遥望着草木的爱恨情仇。

　　在所有的爱很情仇里，我的爱一定一定要婀娜一点，有自己的风格和风骨，那样在所有的伤害面前，自始至终的微笑就有了苍凉的美感。

　　难道不是吗？一些伤害让内心一次次变得强大，累累伤痕也是一笔财富，我是夏夜萤火里的富翁。

　　一些心事打开又合上，合上又打开，最终还是要合上的。如同时光之锁，在开启与闭合之间豢养着季节，也寄存着情感。

　　其实，一切都不重要，被牵挂就好，被记着就好，被想念就好。

　　这个深情的世界，这个世界深情的万物，有什么理由不深情呢？即使一把锁会拒绝深情。

　　一抹遗忘的秋色，一缕突兀的喜悦，还有一份天籁般的感动，在灵魂寻觅中定格伤痕的唯美。

　　一把锁的命运，命运的锁，一直挂在我的窗前，很多年了保持着最初的姿势。

　　就在昨天，我忽然变得勇敢，无法释怀的喜欢，轻轻一下，咔嚓一下，锁被打开了。

　　于是，想念来得突然。你，在我的想念中。

　　这晚秋的点点滴滴，愿成为你永远的风景。回归，心敞亮了。那些想念，在最后的秋色中，彻头彻尾地抒写着鸿篇的情书。

　　风来风去，你嗅到了那抹芳香吗？

　　我在安坐，我在站立，我在沉睡。

　　让心情依附，随风。只要我愿意，只要我舍得，即使孤单，又有何妨？

　　其实，只要你喜欢，我的喜欢舍不舍得又有什么关系呢？

　　喜欢逆流成河，喜欢把悲伤留给自己，也喜欢即将休眠的素颜。

　　喜欢与不舍，沉静再沉静。喜欢未尝不可，这里依旧温热，这里依旧朦胧。

　　没有斑驳……

在孑然里超然

你是我记忆丢弃的最温情的片段吗？我总是在暗夜向星光提问。

星光是沉默的，俯视万物的爱恋被风干，也注视着我孑然在尘世里。

日子很淡然，锋利的月光切割着一些偶然的遇见，倾心只在转念间。

我一点也不愿背负，你偏偏砸中我的目光，令光影生疼。枯萎，凋零，你自己去解释。

你模仿了我还是我复制了你？我独行的姿势，怎么如此相似？

我风餐露宿的装备，无法承载一只蜻蜓的曾经，而你以独有的姿态，万千在我的眼底，所有的情愫，心疼成诗句，孤独着。

我从你的影子中找到自己时，繁华与落寞撰写的日记疏密有间，蜕变与隐藏多么弥足珍贵。

尘世的芬芳试图甜蜜你我的舞姿，学着我们的样子，用你我讶异的痛楚，用一生的时光做注解，又显得多么矫情。

选择璀璨，选择暗淡。难道我们所在乎的，是注定的遗忘？

选择欢喜，选择悲忧。难道我们终结心的痛楚，慰藉季节的代价如此巨大？

天蓝水绿，明媚的心情使心情明媚。

我试图飞离，成一只雄鹰，撑开梦的羽衣，学着翱翔，在天际放逐所有。

我拥有鸦雀恨之入骨的衣装，衔着一棵树茁壮的力量。在人世间戛戛出的故事，鹰是学不会的。

做一只高飞的鸟，在你的温暖里。不好吗？

一些心事，像花儿一样绽放在我的素衣间。简色的花朵，如同我的唱词，被喜欢了万年。

盛开，又是何等的悲壮啊？

我在耐心等候，终于能够挥舞在红尘中。

很多故事，依附风，依附你的心，在这美好的时刻，让我的人生蒙上日光的旷世之情。

秋声渐近又渐远，霜覆盖了一切。

你始终注目，对吗？生命中最长的安静，就在此刻！

我感动了自己，也感动了你，否则我怎会认识自己，成为永生永世的歌者？

天生的守黑知白，成就了你，也成就了我。

多少年过去了，复制粘贴的凋零，成记忆的水中花。那么，就这样孑然吧！

不分彼此，只在一生一世的相依中孑然，让彼此的心一直孤傲，一直一直⋯⋯

种子一样自然生长的情愫

1

　　五月的风，让日子欣喜，那些欣喜成花，成梦，成一个传奇故事，盛开在康乐大地，也盛开在一个小镇。

　　小镇有一个诗意的名字——景古。景古之下，有一个诗意的滩——线家滩。线家滩下，有一个诗意的村庄——下石家。

　　一些故事，在袅袅炊烟中，随风，悠远再悠远。

　　康乐，景古，线家滩，下石家，万物生如夏花，怒放成一幅彩墨飘香的画。

　　一滴墨晕染的江山，娇媚百态。

　　两个城。一个叫水池，一个叫景古。

　　两个城，一先一后，五百年的跨度。

　　两个城，一左一右，传奇历史。

北魏的尘烟拉开历史的佳话，夯土筑起的城墙上耕田的繁华，响在水池城的每个角落。眺望，只能眺望，抑或想象。

东魏、北齐、西魏、北周、隋。水池城跨步而行，云端下的故事，一直延展至唐，在遗迹印痕中触摸过往。

景古城，一个洮岷、狄道、河州交会处的商贸重镇，茶马古道陈述从前。商队，驮队，"永寿堂"药铺、"春生茂"药店，党参、大黄、麝香、红花、鹿茸，一路风尘，从商队的指尖升腾，翻山越岭，飞离景古城。

眼眸深处，一个个故事在延展，一幅幅画图在铺陈……

追溯，金宋同期的景古城，晃悠悠地描摹距今约九百年的历史。一代一代，你修缮，他加固，不断地上演一个个故事。

时光的刻刀，很猛。尘烟的故事也硝烟滚滚，狠狠几下，城墙寸断，隐匿。

2

五月的风，让一个姓氏——石，从河北石家庄，从大明朝始，屯兵徙居下石家。六百多年来，传奇故事、佳话响在康乐大地，并在高处成一朵花，一朵惊艳的山花，绚烂在岁月的长河。

思绪总会撑开翅膀，飞在两条河——黑水河与杨家河的上空，俯瞰它们相亲相爱的几百年，甚至几千年，然后一起奔向梦生长的地方。

千百年来，风一直吹，吹着吹着，吹出的村庄，有了歌者的温度。

于是，温暖撑开的一片天地，感念，感恩。

于是，生长的灵魂，温文儒雅。

一些词，干净。一些人，纯粹。譬如石邸如，譬如你。

石家层出不穷的歌者，引领着村庄的一切。

建城，修庙，兴校，倡导乡风村俗。文明薪火相传。

回忆歇息，奔跑，挪移，跋山涉水出一个个传奇，那个传奇中，夹着异乡的气息。

自由呼吸的思想惬意出凉悠悠的下石家。

此时，陌生飞扬出坚守的字眼，打开目光的网，试图网住一个与己无关的故事。

星光下，爱在天堂一样的地方，某个人的梦想只愿停留再停留，拒绝任何方式的启程。

或许，石家的男子女子，是不善言辞的哲人，用爱串出一个别样的心灵栖息地。

尘埃之外，夸赞成功逃脱羡慕束缚的灵感，放牧文字。

路，不长不短，恰好生生世世去爱，几万里的诗句，除了句号，就是感叹号。

鸟鸣，风月，在向世人倾诉下石家的故事，任凭欢喜和羡慕成一曲"花儿"，漫在莲花山下，漫在胭脂三川，漫在恍如昨天的纯真里。

3

1936年8月9日至1936年9月30日，短短的五十二天里，五千余名红军令景古地区热闹非凡，革命的火种被播种。

线家楼，常家楼，孙家楼，冉冉革命之烟。

常家楼，孙家楼在岁月中挥挥衣袖，没有带走一片云彩，留下线家楼让后人缅怀，让后人面对尘烟自强不息。党课，党组织活动，使线家楼光芒四射。

康乐人是骄傲的，引以为荣的。话题打开，线家楼就是一首赞歌。

赞歌很多，佳话像鸽哨，响在康乐大地，响在胭脂三川，被风播撒。

依旧是梦，美梦，让理想逆流而上，让石家少男少女飞跃龙门。

一个个神话故事，一个个传奇故事，一个个传说，让八龙宫的八位神仙护佑，龙盘虎踞，威风凛凛。

膜拜一切，膜拜自己，让膜拜成诗成歌，交与日月。

挺立、直立、耸立、矗立的信念，在下石家村播撒善良的种子，可劲生长，喷薄希望，延展理想。

大世界，大境界，大格局中，低海拔的唯美生长在高海拔的山坡之上，农家少年的心底，悠扬着故乡的歌谣。远行，归来，都义无反顾。

横溢的喜欢，横溢的记忆，在山坡上，在初夏的风里，在山花烂漫的故事里恣意地生长。一个个故事，被串成一条珍贵的项链，挂在山坡的颈项挂在村庄的颈项，也挂在美好的颈项。

一只鹰在盘旋，或许迷失了自己，或许被那些故事打动，一圈又一圈，盘桓了好多年。

或许，鹰所寻觅的爱情，就是莲花山下那些农家少年宛如"花儿"一样享誉四方的传唱。

一粒草籽，在花草的领地，在时光教会的爱里放纵自己，与石家少年一样生长，一样成家立业，一样在梦想开启的山村放大爱。

爱很奢侈，爱很高调，爱也了如指掌山村的一切。下石家村的一户户子民，举手称赞你的倡议，在大爱的呵护下，上下总动员，捐资出力，修路、引水、让出自家的麦田兴建文化广场，竭尽所能地放纵爱。

在属于自己的山村面前，你爱的深刻爱的执着爱的没有理由，一如父辈对那方山水的挚爱。

4

五月的风，沿着积石山麓徐徐而来，遇见花花开了，遇见村庄村庄绿了，遇见那些感恩的人，变得温情脉脉。

诸多的村庄里，一些风，暗自欢喜，在下石家驻足，观望，继而绘就唯美。

沿着去往冶力关的那条公路，一直向西再向西，一所学校像一枚标签贴在下石家的额际。1929年，石家太爷石邸如捐建的输文学校，是康乐的一面旗帜。就在输文学校，莘莘学子打发了美好的童年时光，一些人飞离去线家滩中学，一些人继续让四季的风刮着，一级一级，初中毕业，才依依不舍地离开，迈出景古成就梦想。

因为一所学校，美好在分分秒秒的记忆里，温暖了那些青涩的时光。

花儿可劲地长，"花儿"可劲地漫，漫着漫着，漫出的少年俊俏清秀，漫出的女子温婉贤淑。漫着漫着，少年气宇轩昂，阔步向前，在阳光温润的地方，叠加梦想，而后飞回，开始勾画下石家的一笔一画。

一所学校，一位尊长，熟稔"秦家的秀才，石家的官"。

秀才依旧辈出，官员也依旧辈出。

于是，一个个佳话，一个个故事，纷纷扬扬，雪花一样与"花儿"一起漾开在莲花山下。

山下的歌者，每年"六月六"歌会的奔赴和拜谒时，总不忘深情地一瞥，那一瞥，山醉草醉风也醉，醉美在"紫气东来"的碑记间。

一块块碑，只是记录，也只是记录，那些最精彩的片段，为了后人熟记得之不易的分分秒秒。

外乡人操着方言，在风中在山坡上，让诗歌从指尖起飞，过云端，入海底，并优雅成一枚果果，只有康乐才有的果果。红的，黄的，在深秋渲染诗意铺展的每个日子。

日子从容，从容得令人欢喜。

地之南的牡丹落脚了，樱花、木槿，在山花中独树一帜，山楂花儿冒着泡，噗嘟嘟，噗嘟嘟，吹出异样的白，在异乡落脚的心安理得。

推窗饱览莲花山的美事，都让有心人一一捡拾，在一个个清晨，把日子过成了诗。国之栋梁，家之栋梁，你没有辜负石家先人的厚望，双肩挑起一个村庄的冷暖。

5

五月的风，伸长臂膀，把爱恋揽入一个个勤苦人家。

疯长的阳光，绿了零落散居的精灵。那些日出而作日落而息的精灵们，在下石家把日子精雕细琢成诗化的王国，诗意地栖居了好多年。

心坎上的山菊，盛开的娇羞，妩媚。

夜色下的柔媚生香，惊涛骇浪的故事在传说中的传说里传说心的平静如初。

雨滴，突然迎合心事，湿了心情。

是否，那方最深的绿色，魅惑了陌生？

是否，那些精彩的故事，演绎了传奇？

别问我，我不知道，我只是闻着山歌而来的异乡人，闻着赞歌而来的陌生人。

云朵遗落的心事，被捡拾，一个又一个，叠加在我师长的手稿中，一笔一画，一字一句，渗透着欢喜。

欢喜的一切，令山坡上风的眼神，犀利。

咄咄逼人的夸赞，让你的梦想，难为情地隐在初夏的浓绿中，偷偷

033

瞄着一只猫爬树的神情，在属于下石家的独角戏中做了一千次的主角。

浆水面，烤洋芋，大饼，渗透着柴火味的家常菜，烟熏火燎间紫藤撑开依稀荫凉，渲染日子混搭着城市与乡村绝版的美。

一扇窗，推开可见莲花山的壮美。那扇窗，不需要推波助澜，最初的真都突突地跃在你的眉宇间，转眼很多年。

似乎听见院外山楂花的尖叫，合着木槿的期待，自成一派的景，令牡丹和芍药暗暗嫉妒芳菲的人间。

风金贵的一瞥，就是那么一瞥，令你的走姿完美成一朵花，漾在诗歌的版图上，洇开一抹诗意。

6

五月的风，用浓郁好听的康乐话，载着我过山过川。

爱载着帅气和美丽，与晴朗一起拜谒一个叫下石家的村庄。

下石家的国度里，风的手指轻抚过麦田的心坎。心如同拔节，抽穗，扬花的麦子。还有半开未开的油菜花，曼妙如渐次盛开的灵感，黄灿灿出一个异样的国度。

好奇也如青稞的锋芒，毕露出美好的五月。

大豆花儿怀揣的梦想，羞答答笑而不语，还在等候人世间风雨、阳光最简洁最简单的涂抹。简约的黑白，与芬芳的花花草草，端的高调又低调。

酸果果黄艳艳的爱，在山野成一块牌子，像你一样，幽香散在山尖、草丛、庄稼地，甚至天空和云端。

是否还记得那簇簇白色的花朵热恋之后，红艳艳的果果惊艳秋的眼角。

你的眉眼与山坡上的草儿一样，目光的茎秆摇曳着故乡的味道。

匆匆那年，与一个个后生一起迈出村庄，回望的眼神，恒久又温情。一抬眼，一低头，心思与青崖山下那条三十五公里长的饮水干线一样。

如果凝固的爱，在时光的轮回中依然。

那么，那些情愫，那些眷恋，彼此挂念成风马，雪花一样洒在下石家的角角落落，成珍贵的祝福。

我瞅瞅下石家陌生的身姿，悄悄地把一些欢喜撒落。

我在异乡人的调子里沉醉，合着莲花山下潺潺的溪水，合着下石家山坡上的花香，开始续写你的大爱……

重逢是岁月决定了的决定

1

一直不敢回头，那些年的记忆，晃疼的一个个约定，在怀念的晚风里踽踽独行。

或许，那年并不年轻，点点滴滴的倾心，始终独坐一隅学着相见不如怀念的模样，翻转着岁月青花瓷一样的青春。

你对我那么重要，不说风也知道。想必你也知道。

此时，蜜一样的味道，洋溢在书间。窗外，月光默默转身，试图回到最初的洁白。那些年的各自欢喜与悲哀，是岁月放手的碑帖。

我在静坐，你呢？

2

有个叫风的少年,恰好走过梦的花园,碎花的衬衫,释放春的绚烂。

一点隐匿的微笑,慢慢束缚无邪的日子。

那天,我正好在园子里,蔚蓝的天色,突然妖娆七零八落的诗句。我一点也不惊讶,已经过了恍然大悟的季节,与我无关的场景,就是再让人贪恋,我也会心如止水。

一切,很坦然。

你我的相见,花儿一点也不纠缠。

3

我在记忆置顶的空间,种下一株忘忧草,诉说天荒地老。

舍得。不舍。忘不了你的好。

那么还是假装完结那些白生生的喜欢,给彼此一个别过的理由,可好?

好生奇怪,为何你拒绝最本真的思念与季节打赌呢?心霜已白,还是撑一把秋日的伞独自游走,最适合不过。

何必纠缠呢?那些话,不会说一辈子。好与坏,在一念间。爱与不爱白茫茫如雪,放手也是爱。

所以,我反反复复描摹别离,在季节的路口,在没有对错和输赢之间,候一枚相思。

4

尽管把你置顶在脑海,可是今夜,突然忘了你的脸,好生难过。

接下来的步调开始乱了，虚度的山水，没了温度和空间。

百度了上万条安放心灵的条条框框，居然没有一条吻合此刻的心情。来生，不愿让你看见那些伤痛。

一些挂念就此凌乱，手机与指尖的亲密，被风嫉妒的体无完肤。

是谁嘲笑了彼此？不得而知。

生生世世的情缘，被我塑造成新的姿态，站在风中，一再沉默，如同你的沉默。

5

一只秋蝶，跳过，躲躲闪闪的魅影，让一本翻开的书没了章节。

这样的场面，是否让这个有些温情的日子变得寂然了呢？我无法解释。

是的，喧嚣是无法避免的，只是那些看似美好的字迹，失了原有的香甜。

我发现，我还是喜欢在重逢里抓住美好的遇见，用一杯酷似咖啡的饮料，稀释体内的狂喜。不过，还要装作淡然的样子，轻轻咽下一些藕断丝连的记忆。

不管是你做的决定，还是风决定了一切，我会在一片河水落下来之前不会忘却。

呼啸的诗歌，让重逢变得温情。岁月做的决定，是决定了的决定。我喜欢这个决定。

第二辑　风的秘诀

把所有的才情都依托风捎给远方

1

阳光明媚，喝咖啡，听喜欢的歌，想喜欢的人，翻喜欢的书，把一些孤单挥霍了一万遍，真好。

花儿躲过雾霾的袭击，适时绽放，一朵一朵地开。心花也跟着，一朵又一朵。

我所有的等候，都在守望中。

善良的风，传递了一切。包括想念。

珍藏的青春，翻越素笺筑起的栅栏，与影子叠合。

总想着时间慢一点，我的黄花少年也长得慢一点，我也老得慢一点，可是时间偏偏不听话，硬是闯过我的想法，不可理喻地飞驰而过，由不得我选择。

所以我只好选择顺从。

一些微笑，一些沮丧，一些失意，一些感伤，一些风景，一些诗句，一些二胡琴声，一些小小的想念陪伴了我。

站在季节的门槛上，恋恋不舍往昔后很奢侈地在心田种下一棵相思树。

风咯咯大笑，捂着嘴巴，看着我喃喃自语：过去的就让其翻篇，未来的双手恭迎。

我犹如老太太，步调有些老态龙钟。

2

一段日子里，我更喜欢沉思，默默不语地穿行。

伤害我的人，喜欢我的人，我伤害过的人，我喜欢过的人，我熟识的人，我陌生的人，与我的文字没有任何交集的人，突然与雪花一起纷至沓来，惊扰一个梦的开始。

日子在一阕感伤的词中渐渐变黑，不容我思考。

我守着一枚问候，来自天空来自冬日，甚至一些来自你心海的忧郁，还有来自天籁的牵挂，还有一抹嫣红的情愫。

我别无选择，一门心思地守候。不知那些问候要蹚过多少条河流，翻越多少座高山方可抵达。

我不想听任何解释，解释就是掩饰。所以，有时候无需解释，只要你的忧郁能心安理得地刺入我的骨血，没有什么不可以的。

在人海中，遇见不易。

在人海中，你因为忧郁丢了我，只能说你没有用心。

在人海中，与你的忧郁擦肩而过，只能说有缘无分。

3

突然喜欢朋友说的一句话：往往擦肩而过却缘悭一面，这就是红尘！

红尘？红尘？多少次的擦肩，多少次的遇见，都在西北高地的一隅，把不安种在燕麦疯长的田野，忘记了一株麦子的低头。

一切都好，只是少了你……

狂热的自恋，刻骨的想念，汹涌的安静，即使你喃喃自语，即使我举着冰火，那份情依然……

所藏的含蓄，似乎所剩无几。无妨。

孤寂的突然造访，似乎与任何人无关，亦无妨。

一切都无妨。无妨。无妨。

你或许不知道，有些毒中得太深，无法解。你就是我中的毒，索性就让那些毒慢慢扩散，成为致命伤吧！

我是眼睁睁看着从远方带来的木瓜，在桌几上慢慢腐烂，并被虫子掏空了核。

我如那枚木瓜一样，心是空的。

木瓜只是木瓜，而有些人，包括你，在我沉寂的日子里，牵挂由陌生变的熟悉，而后又陌生，直至彻底消失。

风计算很精确，你给予我灵魂的印痕，一直在，一直一直都在……

4

在蓝天下，在云端上，我尽可能地把日子过成诗，把光影雕琢成画。让美好不容置疑在空气中，闭眼就能嗅到芬芳。

明晃晃的灯下，失眠再度袭击了我，心情像一只藏在角落风干已久的蚊子，颀长的腿脚，散漫地讲述一个夏夜的故事，在很多飞虫眼前，因为失意，只能叹息，眼睁睁地看着飞虫的抵达又离开，想捉住，可是想又有何用？

释然大雪倾城的月夜，心事即使血流不止，也愿意守着你到来的路口。

一块碎片又一块碎片，拼凑出你的影子。

做你的天使多么不易。

那些美得不得了的景物，流动的温情，舞动的温暖，还有明媚的蓝，都让我心动，都让渴望成为暗夜的天使，挥动着情意绵绵的羽翅，翕动的欢喜流淌出忧伤。

我开始安慰自己说：平庸是最好的生活状态，绝大数的幸福在心底，如同喜欢，如同欢喜。

5

昨夜，浅眠。梦中，我出生的小山村，宅院，姥姥，我，情不能堪。醒来，泪湿枕巾……

于是，忧郁如一抹秋色，横在我的心底。

一片叫作幸福的云彩，飘在生活的梦里，沉稳，从容，富有耐心。

那些景致，如同有心人，在我心里已盘踞了很多年，磨砺着我的脆弱。

这一切，说醉就醉了，醉的毫无理由。

走过的草地，路过我的目光是痴迷的，还有那个唯有风知道的执念，也陷入痴迷。

花开的时候，见到熟悉或久违的景致，就会想起你的脸，就会想哭，就会想念。

所以，我会毫不夸张地重复心情，重复想念，一再重复所有。

一些文字结籽，落地，入土。原野在细嚼慢咽，积攒光阴的厚道。我静卧，反刍，对你既爱又敬。

6

期待一场精神的大雪，洗涤我的灵魂。还有婀娜的心思，以及那些无法入梦的文字。

雪粒的冰凉，犹如那首喜欢的歌，一直在飘荡，飘荡的没有终点。

我有些慌不择路，视线模糊，尽管是在冬天，我还是固执地把这些日子的风称为秋风。

风安静地掠过记忆的山川河流，盯着时钟行走。于是，我默默倒数的一天，坦然地谢过孤单，在一个叫甘南的地方，做了草原上的一个饕餮者。

在甘南，在草原，在陌生的行走中，风蒸腾着辣子尕勺、奶茶、藏包、巴勒、烤羊排，欢喜也在挥洒。

苍茫大地，冰雪一隅，我在沉醉，远方也在沉醉。

我暗自微笑，红衣在冰雪里追逐。

晚风的才情，雾化自己的风格和骨骼。我也渐渐显出了我的风骨。

思念上瘾，我承认与真实的忧郁有关

夜雨之后，天的心情也不明朗。河水缓缓再缓缓，绿着，比夏日暴雨过后的养眼。此刻更养眼的，则是一些记忆中反复闪现的脸。

我心仪的景致，在等候我温暖的奔赴。所有的等候，在一片光影中变得妩媚，凋零也变得温暖。

我分明记得，有些景致，看一眼就喜欢。凋叶，溪水，松林，小径。还有你的微笑，你的眼神。一些文字在受伤，是难以入眠的伤害。

于是，有些人，一直居住在内心深处，受伤时会入梦疗伤。我在隔岸的灯火里发呆。

我不会因为一些心情而苦恼，我的发呆是易溶的洗衣粉，冷水热水都成泡沫。

你的话语忽然变得香甜。匆匆的思念，因为一颗相思豆的支撑，在时间的枝梢温热心的飞翔。

看河，喝咖啡，继续发呆，继续在你的甜蜜里发呆。

心在风的注视下会嫩绿，在那些瞬间捕捉的微笑中，把狰狞的相思统统删掉，千挑万选出自以为是的爱，留存。

　　风有时候很沉默，一言不发，坐在我的文字深处。
　　是因为委屈吗？风蜷缩的令人心疼，难道在模仿我吗？
　　对于思念，我的洪荒之力已见底。爱似乎透支了，虚脱、轻飘飘、晕乎乎的。我不知该用哪个词比拟才适合。
　　入戏太深不是我的错。我模仿你，即使委屈自己，也一定要挽留彼此最深的情，对吗？
　　与你之间没有千山，没有万水，我们是注定在彼此的行走中的，对吗？
　　你犹如那棵红桦树，根深叶茂在我的文字里，我是喜欢这样静坐在光影里的，满阶秋色，恬淡。我的傻笑正好迎合心情。
　　这秋色里，若没有你，我如何是好？
　　霜花在记忆那头静静地开，心事朝着花开的方向，一遍遍地誊抄你的背影。
　　刻骨的伤，疼在万里之外，跌倒在玄黄中，与文字的暮色相拥而泣。
　　思念上瘾，我承认与真实的忧郁有关。

我在哭泣中结束一茬又一茬的相思

我的游走铤而走险，在酷似花开的场景里，突然没有了然后。

局促不安的行走，草本提取的爱情，满是书桌携带的阳光，温暖，可人。

阳光很生动。一生动，阳台上的植物也有了自己的爱情，蓬蓬勃勃着。引诱云朵穿过玻璃窗，泅出一片洁白。

一茬又一茬的相思，抄袭了木棉花的模样，静悄悄地盛开。

我懂得那抹妖娆，也懂得等候需要耐心。

二月的风，已经让相思有了弧度，顺着斜斜的弧度，我的文字也学会了相思。

只是不知那只相思鸟，停留在哪个季节的枝头，哼出一个与我有关的故事。

你感觉到了想念吗？用灵魂喂养的想念。

一定很嫉妒吧？至少我是那样认为的。

我写的情书有着淡淡的烟草味，风会一个字一个字地读完，而后会读给你听。

为了不让安静变得更安静，风的指端一定有墨迹未干的泪痕。

那些年的甜言蜜语，都在记忆的田埂上被青草芽催促着一再泛绿，还有一杯喝了几口的咖啡。

大地碎碎的一些表情，被我打包收藏，添加在时光的纪念册里。

我抱紧青草的守望，成为一朵你很易识别的花，怒放在风中。内心的雪，一朵一朵地落下，覆盖了相思。

眼泪不听劝阻，打湿风的翅膀，结束对春天的依赖。

终于，我在哭泣中结束被月色墨染的爱，还有一茬一茬的相思，漫天大雪一样飞在曾经的曾经里……

偏执的喜欢与伤心也是幸福

1

午后，微雨，依旧撑着岁月的油纸伞，看河，望一扇窗，开始回忆回不去的故乡。

心突然爆裂，咔嚓一声。

摸摸胸口，一切完好，没有流血。可是我分明听见咔嚓的清脆，犹如清晨的鸟鸣，间或折翅的疼，听不到的伤。

难道麻木的如此深刻吗？

难道彷徨是代名词，生来就是？

2

夜的街头，雨是稀客，与麻木较劲。

临街的灯光，拉长风的身影。不用细看，我即使闭眼也能分出影子的形状是否带着曾经的模糊和破碎。

心爱的人请别怪我，生活纷乱，心难免纷乱。

即使如此，心海深处最安静的地方，与你执手的温暖与清澈一直在。

3

有些忧伤袖手旁观，从岁月的岩壁上临摹的美妙，踮着脚迈入秋的门槛。你一眼，只是浅浅的一眼，阻止了一些故事的上演。我是主角，你也是主角。没有配角。

花园里的最后一朵玫瑰，像往事穿的旗袍，盘扣欢喜地盘着柔软的约定，白的纯洁。

一些故事，扭着腰肢，讲述旗袍风华绝代。

我最美的年华，在烟雨中拧成一枚盘扣，盘着爱与恨。

4

一直以来，我的我行我素让一些散文诗句空洞，空洞的惶恐。每一次心的悸动，浮游如梦，既远又近。

一声接一声的叹息，在碎裂，燃烧，沸腾。

惆怅、焦虑、偏执，在一夜之间枯萎，茫然，升腾。

词语混乱，像一场花事的爱情，纷纷又纷纷。

季节最后的信仰，无所畏惧地交付风。一截一截的心事，就像开败的棉花，落在原地。

5

遇见，需要勇气。忧伤的遇见更需要运气。为了坚持的勇气与运气，风花光了我这些年的积蓄。

所以，别怪我中途退场。当初最美的遇见，分分秒秒的暖，在你我相距最近的地方，故事的悬念隐没在所有的认真之前。

故事很完美，不需要铺垫或是追记。

一叠纸上的温情，相知的痕迹被执迷复活，我在复活中还原了最初的勇气和运气。

我只有慢慢走远。

6

雨抵达的时候，清晨在热恋。

南方之南，北方之北，我的心隐在夜空。文字的黑眸或许在默默考量，太阳与月亮的距离。

一首老歌的青春，痴缠，绵长，娓娓动人。相信我，对你偏执的喜欢与伤心，也是幸福。

我不想轻描淡写这一切，安静的温暖，温暖的安静。

风的心伤与喜欢，踏尽最后的台阶，单纯在临河的路上，怀念繁华的温柔。

如果我是风送给你的囚鸟

　　如果我是风送给你的囚鸟,那么我的迷恋像大花葱一样让欢喜在掌心盛开时,我要对远去的风说声谢谢。
　　因为你,文字突然变得香甜,标点符号都在默默燃烧。
　　日子变得香甜。淡淡的紫色,像大花葱一样美。
　　我用含情脉脉答谢风的馈赠,旋转,跳跃。
　　花儿一朵一朵地开,开得有些稠密。你说你要用世间最暖的拥抱,让我忘掉天空的高度,还有云朵轰轰烈烈的游行。
　　夜晚在失眠,彼岸花开得荼靡,夜色争相表白爱。
　　白天不够想念,一些故事只好偷了夜晚大段大段的时光,一并慰藉远去的光阴。

　　如果我是一只风送给你的囚鸟,我的心思是高空的叶子,折翅在一群人的狂欢中,即使默然不语,也会遗忘孤单与狂欢。
　　那个初夏的清晨,我踩着你的影子,路过一汪洼地,水很清澈,你的倒影被晨光锁定。

蝌蚪游得正欢，吻合热恋的清唱。

槐花一夜之间拧成一团，紫藤混淆着春的版图。大花葱在默默注视着，等候你说想听一辈子的那句话。

掏空的对错里，我看不清鱼儿的影子。

五月的渔翁，收起吊杆，留下一些守望做饵，撒在鱼儿洄游的每个档口。

我的记忆成一个黑点，挂着鱼儿的惆怅，浅淡。

我情愿就是那只专属你的鸟儿，心满意足地用眼神阐述我们的岁月。让属于我们的山峦、草原、河流、花朵游弋在记忆的端口，静寂流年。

心思遇见了你的遇见，恰好盛开。

天空就此饮下欢喜，满嘴酒气，把你烙在风吹过的夏日清晨。

大花葱悬着的念头，陷入喧嚣的膜拜，安然挂在月夜，让眼泪奢侈地飞在恒久的山水间。

夕阳热烈着，让云霞羞涩成水灵灵的花儿，盛开的安静。

雨落之前，鱼儿的爱情沦陷。

所以，不想分离。所以，十万年后我依然是你的一只囚鸟，一只风送给你的囚鸟。

蜷缩在风里怀念

一些画面定格了从前。你，我，他都在那个画面里。

记得那时，恰好春天，云藏在往事的惆怅里，乱了阵脚的开场白，遮住你斜斜射来的目光。

有些勉强，徒增岁月的伤，唯有合上心门，蜷缩在看不见景的风里怀念，才能称得上疗伤，才会漠视某些谎言，以及一些曾被抹黑了的事实。

此时，一朵幽怨叠成的玫瑰，凋谢的样子像被观众修改了的剧情，很是荒诞。一场戏里，我是反串的主角。

我成为主角之后，我变得小心翼翼。一些眼泪只能在夜深之后奔流，我不想哭，却常常泪流满面。

看不见的伤痕里我转身，走远，退出。

一本关于情感的书，翻丢了很多字。大片的空白，漫不经心的温柔，覆盖了飞尘的迷离。

我私藏的一些空白，在安静的无法安静的喧闹里，心的图案被仿成一幅绝美的工笔画，束在风找不到的高处，等着写下一个秘密。

　　空虚在微笑。一些微笑不可饶恕。

　　我知道，王指点的江山，思念也是不可饶恕的谎言。

　　我知道，回忆录制的那盘磁带，不管向前还是向后，你我的秋歌有些陌生。除了陌生，依旧陌生。

　　陌生熟识所有的景致之后，算什么呢？悲伤抑或欢喜？

　　风笑而不答，我不等你回眸，跳上一辆去往夏天的记忆专列。

　　我只有蜷缩在风里，让思念为所欲为。

对鱼儿的回忆从零开始

1

冬花开得恹恹的一天，阳光铺陈的高度，读书，喝咖啡，听歌，一切没有任何防备。

一尾天山侧峰与云朵聊天的鱼儿，一个猛子扎入，由着自己的性子藏匿。

没有饮酒，却醉醺醺不已。

心，突然孤寡得离谱。

这一生注定如此，不是旦角也成不了青衣，可是我入戏太深。

2

总在幻想，万年的轮回里，我是否是落入凡间的咸鱼？

如果可以，我还是想做一朵花儿，盛开在你的心田，开得热烈且寂寞。

爱，缥缈一些名词。我的等候与承认，任凭风一次次地绑架明媚。

一些故事醒着，不肯合眼，我昏昏欲睡。

一些说辞，在鱼儿的梦里反转。

3

在晴空下，在风中，人间的静美在洄游。

我的字里行间，蔚蓝吐着泡泡，一遍又一遍阅读大海。

我也读着。我散发着雪花膏香味的青春，让我的晨昏年轻了十岁，不，二十岁。

自此，我变成了孩子。体内蛰伏的雪豹，慢慢服帖，陷入放大的温柔。

鱼儿在远方，鱼儿在我的灵魂，在某年的一个冬夜，在所有的秘密中穿梭，让鹰与白马穿梭。

4

我的一生沿着铁轨，在夜里穿越孤独和寂寞，倏然鱼儿的安静。

牧场上雪落的声音，切割心疼，一万次单曲重复的梦里，夏花娇艳着。

爱酷似微不足道，却点燃零下二十度的芬芳。

与某个人有生之年的狭路相逢，令掌纹成风景，一次次地盯着情感线停留的方向，最终在一只飞过窗前的鸟鸣里与回忆握手言欢。

我窃喜。窗台上的一盆花儿开得正好。

5

  一封季节的情书,百看不厌,百读不厌。千遍万遍,上瘾的激情,上瘾的速度,让回忆重新开始。

  或许,所有的停留,都蕴含了时间最真的倾诉,蓄积的万种风情,在一瞥中定格永恒。

  鱼儿在仰望。我一次又一次膜拜,于是学会了青衣的步姿。

  我想让我的文字变得婀娜一点,使得情深缘浅的流泪,不是因为受伤,而是因为爱。

  以后的以后,我们不是岁月的某某某。鱼儿安静着,泪痕上载的真任凭回忆突袭所有。

6

  安静到空荡荡,其实很奢侈。

  一切在放空,听得见自己心跳的地方,文字一遍遍地吻别。

  不要责怪牵挂有些牵强附会,你不是鱼儿不是我,又怎知如影随形的另一个自己?

  在日子的牵挂里穿行,忽略与拒绝一些不该遇见的相遇,或许是很惨痛的事。

  来生,我一定会温一壶月光,盛满回忆的高脚杯之后,拒绝影子之外慢慢浮现的暖,让透明的情愫褪去隐形的外衣,让爱的尼古丁归零。

  从零开始,让一切没有防备。

来世做你的妖

1

今生就这样吧！

我写下的爱，棉花的白陷入云端陶醉一束白。诗意锻造的每一次相见，成排比句，成上百部的长篇，让风宏大记忆。

河伯警告我的轻狂时，我嬉笑着回应：不要阻止我想做一个妖的誓言。

我的誓言就是我存在的真理：来生就做一个妖，一个专属你的妖。

我要做一个魅惑你的妖，你看一眼就无法拨开我发梢滴答的灿烂。

我很霸道，我要让你只要闭眼，就能排笔出十万里的桃林，朵朵桃花都是我的脸。我会夸张地提着春的裙裾，赤脚奔跑，所有的仰慕与艳羡成我额头的吻痕，直到风醒来也清晰可见。

2

　　我要坐在灵魂的村口，狠狠地喝完你送的马汤。喝了那些比鸡汤还新鲜的马汤后，我会让你手写的汉字唇齿留香。

　　让我们国色生香的停留、驻足，给我隐居的小院以及小院里最细的草也打上爱的烙印，超越人世间所有的暖。

　　我是贪婪的，我还要穿越。在猎猎风中，我在战马上读书，甚至以青铜剑写下大漠风光，写下马儿的耳鬓厮磨。我还会为马儿眼中的那米阳光，全部镀上你的英俊，还有你的勇敢。

　　我还会用妖术团出一个你，让每一粒尘埃都有你的气息。我用的不是一般的泥，泥中有你抒写的鸿篇史书。书的精髓是爱。

　　然后，我会捏着来世的"哥俩好"，再使点妖气来黏合古生物化石散发的香艳时光。我们在时光里牵手，拥抱，奔跑，漫步。

3

　　虚拟还原真实，想象形单影只。

　　我目睹歌者半生，我的喉咙嘶哑了半生。用半生摘下的一片落叶，制成书签盛放在岁月的书间。

　　无论做多么失败的妖，我也要抢夺那枚书签，精心策划几番，然后一口妖气，就把爱的书签稳稳地夹在你的心房，甚至粘在你的灵魂深处。永恒简单，简单永恒。

　　妖不需要专心，但是我是一个专一的妖，盯着别致的动感在露珠的字里行间蒸腾，以蝶舞蜂闹反击心的沉静。

　　我含笑不语。我有先知，爱会静止在万物之上。

　　所以，任何喜欢的暗示，都是多余的。

所以，任何仇恨的羡慕，也是多余的。

我的爱，像一张白纸，揉皱了也没关系，铺开了依旧能为你写出心动的情诗。

4

很多年了，我圈开的记忆，赞美与批评，参照物是心动。

我用妖言把触摸到的风花雪月，在民间流落成传奇。

那个传奇流落在星光下，流落在草尖上，供神灵品鉴。

流落会开花，用山水的温情装裱在言辞灼灼的情歌里传唱，传唱生生世世也不厌倦。

因为我是一个妖，我会让心的硬伤开出花，与霜花并蒂清欢。

因为我是女妖，我会用极致完结前世今生来生的伤。

我不怕抖搂给所有人：前世我是个妖，今生依旧是妖，来生还是那个妖。

不要嗔怪我，我就是这样一个妖，一个女妖，开着挖掘机温热人世间的惊讶和不解的妖。

5

我惊讶我的力大无比，总是扛着时光的电焊机，焊接与你相遇的每个路口，让无动于衷的一些行走，触摸到旷世的凝练与豁达。

如果你有一丝丝的嫌弃，我不会心寒，我会原谅你。即使你的背影没一点点的心动，我依旧要做你的妖，做你生命的读者，用妖音读你的三生三世，读你指端流泻的沉默与忐忑，读你诗人的特质，读你歌者的潜质。

季节荡漾的爱很流畅，我们行走的散漫，一次次舍不得躲开有心人的阅读，那些阅读应该是精读。

文字堆砌的小屋明厨亮灶。用你的眼神切出的洋芋丝，有条不紊地朴素在案板上，让平铺直叙的景致，大片大片地重复。

我要做一个妖，胸襟被时光与温情雕琢。很多女子要我传授做妖的秘诀，我摇头拒绝。

6

爱不会生锈，因为我是一个妖，我有法术让所有的爱熠熠生辉。

无上的随意，跨过仙界最高的门槛，无朽我们的永远。

谁让我是你的妖呢？爱剩余的依旧是爱，骨血里的爱抽干了还有骨髓，骨髓里满满也是爱。

爱的纬度和经度描摹的故事，絮叨与任何人无关的分分秒秒。

爱不是自我陶醉。自恋不是掠夺。

要什么意境呢？残荷一样的孑然，蚂蚁般的凌波微步？千山万水都很简单！

此生，让我做你的妖就足够了。

来生，我还是你的妖。我要蹚过《诗经》的醇香，精挑细选一个个晨昏，通读你我之间演绎的万千恩爱，然后用寂寞写下人妖之恋，让世人直言不讳地谈情说爱。

与你的重逢一如初见

没有假如，我们居然重逢。在初夏的晨雾中。

洒脱有些懦弱，似乎受了情绪的挑拨。

故事在袖手旁观，那些年见过的画面，一次又一次蛊惑寂寞。从开始到现在，有些话越想越觉得有道理。

你的近况，我即使耳目失聪也了然于胸。心没戴隐形眼镜，所有的错过清晰如昨，还有一些悲凉在晃动。

槐花在沉默，注视着很多个重复的如果，无关的传说成全风月的一次私奔。

山坡上，草地上，羊儿把真实洒脱成自由。

草尖开启幸福模式，全然不顾牧人的吆喝。

忘了温度是不是名词，一枚草籽的爱情，冥冥中拆解规则。

我站在云端，你也在云端，在我的左侧。我们都默默地看着。老屋，帐房。炊烟。

往事突然醒来，那端庄的模样，一如从前。不曾改变的目光，淹没弯弯曲曲的伤。

慌乱假装安静，矜持的很讲究，记忆泪流满面，摊开双臂，没说一句话，肋骨剥离躯体，相视，相依。

程序没乱，多余的话没入细小的路径，不见了。

什么也没说，最好也别说。遇见会迁徙，反着月色，反着想念，反着季节，反着时光，反成一朵花，盛开在生死之间。

灵魂在搬运什么？什么就什么吧，无须理睬。

风来，花落，相视一笑。一切释然，一如初见。

目光有些沉重，曾经的荒芜被一次次丈量。所有，全部，只是重逢后的擦肩。

珍重。再见。再也不见。那些词汇腐烂，成一朵兰花镶嵌在风重逢的体内，令空气永远的稀薄。

无情，有情。转身，这些年的牵挂，一如从前。

把深藏不露的心事说与骆驼

1

　　西行的风是决堤的爱,遇见一群骆驼,沙设的局。
　　我不是旁观者,我也不是当局者,我是记忆遗落的一粒尘埃。遇见骆驼是情理之中的事。
　　骆驼不野,耳标提醒路人它的身份,漫漫风沙和荒野不是唯一的归宿。
　　擦肩的眺望总是擦肩,索性跟着一峰骆驼,记录骆驼刺热恋的冬天。
　　"我只是一不小心把你下载到了我心里,没想到却无法删除。"
　　我无法删除与一峰骆驼的对视和叮叮的空旷,我的目光被一次次地劫掠,刺骨的风变得温情,一些诗句词不达意地涂鸦遇见。
　　我的灵感变得自私,跟着走走停停。盐碱地、骆驼刺、沙丘,还有一条冰河,纷纷阻挡风的过往。

心依偎在阳光下，宽慰往事。

让风，让深藏不露的心事，让一峰骆驼及我的感伤柔软山河的记忆，与逆流的烟火一起分割遇见。

2

我在冰面上与一峰峰骆驼对视，他们把自己咀嚼风咀嚼阳光咀嚼蓝天咀嚼云朵咀嚼我的痴迷，毫无保留地递给我。我也打开自己，尽情咀嚼。

我们一起咀嚼一枚远方的问候，情深意浓，辽阔又微弱。

生与死，在风中酷似简单。活着是最大的宽恕。

在香日德小镇的安歇，把遇见的冰雪镌刻。一棵路边草的摇晃，百转千回之后，让骆驼的咀嚼停留。

记得与遗忘，翻炒最真的梦。梦还有真假？一枚云朵砸过来，灵魂的骨骼眩晕。咔咔作响的疼痛，击中河底的石子，晶亮的灵感，抿一口西风，令发梢蹿红大漠的唯美。

此刻，你一定藏在积雪的梦里，冷静地目睹所有之后继续打理你的生活。我能想象你梳妆打扮的铜镜有多明亮，我也能想象你独酌后的酣畅淋漓，我还能揣摩你逐字逐句听了风写的情书后的痴迷。

此刻，我能做的就是与一峰骆驼对视之后，让心再沐白雪。

3

纯洁的风很难忘记千山万水的昼夜之恋，一再钙化羌笛的舒缓与幽怨。梦想不肯停歇，在分分秒秒里补钙。善良的花朵，微笑在友人的真诚陪伴中。

听说，你要远足，穿越可可西里，穿越藏羚羊的奔跑。你还执意把骆驼的生生世世挂在行囊的一角，随你行走，随你穿越，随你虚拟。

我不会阻止你离开，我接受你的小脾气。

远眺是习惯，习惯驻足于你的灵魂深处。

骆驼，冰河，石子，荒漠，盐碱地，我愿意咳血为你囊括世上的美好，我一点也不怪你的姗姗来迟。

温柔挑衅了冷漠，我的豪情紧紧放置平铺直叙。刺激的代名词还是刺激。

我没有哭，只是风迷了眼。风是个多事的家伙，总会把匆匆那年的遇见翻炒，一次次地打开伤悲，让我扬起的臂膀变成自由落体运动。

4

我把这些年默念了近乎十万次的六字真言快递给天空，并十指相扣，以寒冬的相逢避开错觉。

我如何抹去那些回忆？我知道我不好。

叮当，叮当。驼铃开启的旅途，想念下雪的守候围炉夜话。

明明是万里晴空，我的思绪抛锚到夜话，突然的突然里，听雪代理了想念也签收了怀念。

涉世未深的乡愁，烟熏火燎我的黑眼圈里淡出的朴素与爱。

爱就爱了，疼也爱着。

一峰骆驼走近我，模拟你停留的姿势后，叮当远去。

回忆也开始蔓延疼痛，直到我匍匐在地直到我呼吸急促直到我休克，桂花的芬芳从西南方向漫过来，淹没心事。

于是，我选择沉默，从一场疼痛中醒来，用深藏不露言说深藏不露。

阅读与被阅读

1

风的蛊惑下，我把心地善良的扎西和拉姆藏在我的文字。

一江水在奔流，草原在返青。扎西的藏袍肥大，拉姆的眼神瘦瘦的，我的描述似乎有点随便。

原生态的苍茫构思的语言，有些复杂，风读不懂但很认真。

那些我用错的词语，令大地裸露了孤独。草儿们纷纷操刀，阅读我的记忆。

我居然失忆，多么可怕！居然记不得扎西的眼神，居然记不得拉姆的笑容，居然记不得自己的容颜，居然记不得牛羊说过的话，居然记不得相对无言的尴尬，居然记不得秋色满街的浪漫，居然记不得雨滴落的满心欢喜，居然居然……

那些遇见，那抹深情。心的依附，在一次次的四目相对间荡然无存。

情深之处，思恋，在一个个明眸皓齿的沉默里。见了，也就遇了。由不得自己。

2

我试图把一些悲伤藏匿红桦林，因为我深信，花谢花开，你一直都在。

经年之后，我守着一扇窗，一个人，一颗心，一片景，一抹微笑。最后，最后，再最后，守着的依旧是关于你的消息……

别怪我用沉默浪费了你的流量。你的笔墨，你的光影，你的深情，你的牵挂，你的所有，在我的心田上葱绿了季节的情绪。

我会用尽我的全力让灵魂写诗。从头到尾，只把春天设置了密码，如果你有心，你会从扎西和拉姆的眸子里解读。

风，落叶，蚂蚱用淡漠诅咒了我。所以，我只能坐着秋的路口，用等候穿透高不可及的声音，等风抵达后为我解围。

3

是否在这夜色中从容？

是否在我的微笑中逃遁？

其实，我们都不吝啬，总把关心寄给彼此。

天气这么好，舍不得浪费，舍不得秋光，我把背影留给自己，让心情接纳烟火的永恒。

失眠多么可怕。一个个无诗的夜晚，那首属于我们的歌有些悲怆和沧桑。

怪我，我不该把扎西的心事放大，不该把拉姆的孤单束之高阁。那么，请等我修改。我会把草色的守望挂在歌声、挂在口琴梢头、挂在吉他音尾，让草原读到我的真。

雨滴开始滴落，心海长满诗歌及盛衰的草木，我们都在其中。

4

记忆的脸，始终没能越过想念的网，停在轮回的画图里反复又反复。一些心思，走着走着就丢了。

季节派牛羊寻觅再三，也不见影子。我占卜数次得出答案：因为虚空不辞而别之后，被风挟裹在等候的路口。

与你的痴缠，只因红尘安然。

风一次不落，变着法考验我的耐心，爱恨泅渡的客栈，我依旧深情地站立，直到鹰的目光卷成一团如麻的心事。

别离一再上演。在一些遥不可及的场景中，我抬眼，雪花纷纷而落，覆盖了我的眼神，连同隐在风中的爱恋。

此时，扎西和拉姆在毡房喝着酥油茶等我，等我重写关于草原的记忆。

一些惆怅，在一杯隔夜茶里翻卷不息。我从西凉的黄昏静坐到唐朝的清晨。

5

月光照亮的诗歌，突然有了温度，明晃晃的思念，挂在一帘幽梦中，任凭格桑花用微笑阅读草原与高原。

我阅读岁月。我被岁月阅读。

我失忆之后的那些年，阳台上的忘忧草，蒙上薄薄的灰尘，目光省略的悲怆，不忍细看。

　　从一片赞美中醒来，我是如此欢喜。那些渐渐慢下来的忧郁，暗恋寂寞的方式，慢慢淡出拉姆的清瘦。

　　二月的玫瑰，盛开在心田。我会倾其所有，用美满抒写飞鸟与情歌的片段。至于记得与遗忘的遇见，我会在杯酒的酣畅里狠狠地改写，哪怕改写一万次，我会让心上路，让爱阅读再阅读。

　　这样的结局，风读与不读，想必扎西和拉姆没有意见。

第三辑　与光阴对决

疼或不疼的时光

1

三月的某个下午，倦怠席卷了热气腾腾的咖啡时，风改写了一封春天的情书。

我没有妄加评论，扫一眼，那些字眼已经面目全非，搅和在危险的情绪里。

夜半，我撕下伪装，面对月光比以往任何时刻都清醒。

一杯薄酒，又灌醉了清欢。

我允许自己软弱，允许自己落泪，允许自己在流水堆砌的崖壁上倒挂，还允许自己对黑夜喋喋不休地讲述凉凉的故事，更允许自己向着星光大喊。

月是不老的情人，所以我的影子失散多年也会皈依。

2

几滴墨汁在渲染月夜。我推开我的灵魂，然后又抱紧。

推开抱紧之间，晨光被忽略，你也被忽略的干脆利落。被你霸占的心田，那些花朵还在艳美地开放，只是有些期期艾艾。

我有些魂不守舍。一卷书，一支笔，一把琴，变成尖刀，刺痛我蓄积的凋零。

梦里最昂贵的时光，我留给清晨，不怕热了又热，冰凉或是滚烫，我都会一口饮下。

时间在倒数，咖啡没喝就凉了。高手穿针引线，缝补被冻僵抑或烫得蹦出体内的渴望。

人来人往的街头，我在敲打灵魂的骨头，原地等候或挽留，都是疼痛诉说的温柔之花。

3

阳光下，循规蹈矩一手扶植的花朵，擦拭锈蚀的风清月白。

被我文字辜负的日子，在沉闷地给记忆写信。此时，山水相连，我在自渡。自渡。不堪自渡。我没有更多的例子拆分渡与不渡。

窗台上的花草，躲着我，捋着鲜活的曾经。空气拒绝回忆，凝视着我的木然，浪费了桃花装裱的灼灼时光。

我无法改变一些习惯，无法摒弃游荡的一丝悲哀。

在冷漠面前，在新仇旧恨面前，我折返，我绕道，我躲避，我隐身。然而，心存侥幸，以期圆满。

4

午后的街头，我躲开卖马蹄莲的男人。

很多年了，他是个聪明人，捕捉我的喜欢后，他收藏了我的喜欢。

我知道我很不完美，所以不愿意我的喜欢被别人收藏。

一杯咖啡没来得及喝就酸了，我喜欢着我的不完美。

月白，鹅黄，嫩绿，再也铺不开我诗意的牧场。我体无完肤地站在平静怂恿仓储的过往里，伤情啃了又啃影子的顽长。

尽管新买的行李箱怀揣恻隐之心，与我不过就这样，装的还是那些记忆。

晴空里，我摘掉岁月的墨镜，眯眼，张望。一片云又一片云，停歇着安静着的雪白，让我涕泗滂沱。

一切在泛黄，硕大且卷。

5

夜里，一本磨边时光的书，与一盏灯注目，柔缓在温热。

我眼底的霜，在那些注目的温热中慢慢淡漠。翻旧的日子，借来的勇气惊醒惆怅。

我不想与遥遥相望较真，默许自己用口红作笔，让离合悲欢鲜红爱缩小恨。

月光似乎短了一截，在灯火通明里少了底气，影子贴切地托着月色，长了，短了，短了，又长了。

假象被采摘，一番忙碌之后，半梦半醒间，伤痕呈现忧伤。思念是温柔磨出的茧，厚厚的，我抚摸着，心疼了一万次。

我是个执着的人，所以疼一下没关系。

一切有些荒唐，硕大且俨。

6

几瓣雪落在梦里的时候，风有些疲惫，撩着回忆的指端绵软无力。

隆重的牵强附会，陌生渲染了陌生。原来，陌生与熟悉之间的距离如此长又如此短。

远方抵达时，我在山坡上让风依靠，做着有故事的人。

爱的回报有时候很狠狠。霜花携手我的悲伤，装扮了大地的花房，开出一朵叫作勿忘我的花。

所有的情话，装不下我想去的地方，还有我喜欢的少年和姑娘。

那么，人世间所有的抵达是否缱绻了我的惆怅？我不想知道，我害怕知道。

7

在风信子说着方言的清晨，我们潦草离场，难道是怕来不及收藏深情？

一些记忆很安静，我沉默不语。有多少的理由让我凝视再凝视？疼或不疼的笑容里，多少往事在呻吟在哭泣在暗喜？

我是想轻松一些，我是想一笑而过的。我不说你当然不懂。

属于这个春天最坚硬的时光，我愿意孤独地被深埋。

爱与愁，喃喃前世今生来世的风霜后，把乡愁说给一株冰草。

我的秘密盛开，恰如其分地盛开时，我深深爱着的那个人是个访客。

8

　　属于大海的春天，百看不厌是个习惯。

　　喜欢也变成百看不厌的习惯。习惯所有的习惯之后，爱与恨也相互习惯，伤害也变成习惯。

　　我看着岁月饮一杯苦茶也变成习惯。

　　我写下的文字，我写下的情诗，在搭乘季节的头等舱之后，我看到伤疤嗫嚅的深情，还有时间略带羞涩又窃喜的眉眼。

　　忽然，我觉得这个春天很疼，所有的止疼药也不及风热烈的吻。

　　我听到时光的暗语：所有的疼都不算疼。

　　疼，或不疼？不疼，或疼？我头顶的蓝突然泪流满面……

春意上升在我的字里行间

1

风的一些不安抵达时,我的心随着歌声把阳光据为己有。

鸟鸣多年蓄积的悲伤,在大地山穷水尽的回忆里,相见的概率只有千分之一。

我不是一个很宽容的人,有些洒脱自然与我为敌。

风雨兼程的日子里,新生的二胡声也变得有些喑哑,我拿捏的弓,不听我的使唤,负气地随心随性,于是有了不堪。

很多的时候,想念与回忆的结果不是一回事。

比如寂寞清晨,鸟鸣的欢然与心的怅然,一点也不搭调。

比如大雪纷飞的夜里,围炉夜话的惬意和突如其来的落寞之后,无可奈何地张望黑漆漆的一场梦。

心很小,如何能装得下所有呢?秋日的麦田,落雪的村庄,漫山的杏林，荷塘的十万蛙声，借着心甘情愿的翅膀，跃入我涂抹了好几次的格子纸上，烙下关于你的消息。

我想我该深呼吸，对着一些上升在我字里行间的春意，我也该在春风十里的路上温暖自己。

在我举棋不定，是否要静心等候时，一些迟疑的忧郁，再次袭击了我！

2

那些睡着的水，是冰吗？

我只知道，彼岸花一直含苞，一直在沉睡，任我万般呼唤，也不肯看我一眼。

素影，印记，暗伤，羞怯，惆怅挟裹了更多的牵挂。

又奈何？除了寂寥在寂寥之外，落寞在落寞之外。

有一天，我的心门被街头树梢上鼓动的芽苞撞开了，我发觉文字的额头漾出一些温柔，那些温柔恰好击中一位老者的眼神，那些温柔恰好俘获春天的眉眼，那些温柔恰好揪住了你的心。

一颗颗水滴，依旧在做梦。

一块块冰，从空白中醒来。

十万毫升的水很透明，低眉顺眼的感动，让沉默的诗歌忽然跌入春的怀抱。

我在穿越，我很慷慨。

我对大海说，慢慢来，爱情来了，未来不需要更改。

我对天空说，爱情在游动，一切会按部就班。

3

其实，树梢还有些干瘪，花苞的心事还在眼角。

我在耐心等候。是的，我的等候有足够的耐心。

风打算掩埋我时，我触摸到了风筝欢喜的质感透着隐隐的喜欢。

在一个熟悉又陌生的小城，狂热坏笑着扰乱我的发丝，以至于我藏在季节深处的一些不为人知的疼痛，纷纷倾巢出动，齐茬茬地站在枝梢上，向我炫耀勇敢。

此刻，我想我是懦弱的，懦弱的不敢目睹当春发生的故事。

我在阳光下入梦。

梦中，我在葡萄架下发呆。一串葡萄正当年轻，与心仪的藤蔓和黄鸟做伴，一起调出了一杯好看的鸡尾酒，只看不喝的酒。

不知怎的，我犹如穿行在几百年前的歌者，嘶哑的嗓声，再也扯不出漫天漫地的爱情。不过没关系，那些年出现的温柔，即使有些跌跌撞撞，穿梭在春天的眉眼也很好看。

所以，我不怕你的情窦初开，我深信风在春天用诗歌装饰的小屋，隐藏着魏晋遗风。

守着你直到坚硬的光阴变得柔软

1

这几年，我提着我的影子，深居简出在你的生活，偶尔与风窃窃私语，除此之外，我是沉默的。

有时候，我装扮成一个书生的模样，站在你的窗前，挑灯的微醉里，体味你双眼迸发的柔情。

阶前的心事，像雪粒在簌簌滑落，体内奔跑的欢喜，用世上最贵的显影粉，圈出你。

弯腰就能捡起你的目光，还有初见时的慌乱和无可奈何。

有些遇见就是这样的唐突。

2

唐突是个令人释然的词语,所以我有理由在任何时候,用爱举着一粒石子敲打回忆。

我听见一粒石子落在往事,"扑通"一声惊吓了一只飞鸟。我的忧伤也被吓得分不清南北西东。那些忧伤与你是逃不了干系的。

我借着飞鸟展翅的无奈,用左手写出"爱"的第一划,然后用右手写下"情"的最后一笔。

我学会了拥抱的日子,伤感在大雪纷纷的清晨被滑倒。对于"爱情"的暗喻,我了然于胸,想封笔,自此不再写关于爱情的半笔。

你一定有感觉。因为我在风的耳语里读出了你的吻。

3

桃花在一个冬日的夜里开了,娇艳欲滴的夜色,微醉雪意。

于是,我也醉了。我在醉意中醒来,翻阅千年的诗页,还迫不及待地在相思如一滴洇开的墨里,让装帧过的江山,多出的留白继续留白。

那些留白极为昂贵,平淡叠加的回首里,依恋是曾经,也是未来。

陶醉的依恋,热烈的未来,在相随的分分秒秒里沉湎爱。

爱是劫。劫也是爱。

我的期许里,我想我会记得时间的歌,令你的拥抱变得生死相依。

4

我自然记得草香的味道,你或许已然忘记,或许你比我更深刻。

一些怨恨和介意让"爱情"的字眼变得密密麻麻,想要嫁给风的凤愿一直醒着，只有出嫁，才会在草香里听到你的呼吸。

一些微小的记忆，小得不能再小的记忆，甜蜜、幸福、明亮、饱满如西画，叮叮当当作响的爱，在挪步，一步，两步，三步。

第四步开始跌跌撞撞，凌乱解释了忐忑。

我只想做个霸王，占据你的江山。

5

一个沉闷的午后，相思潜藏在檐下的石阶里。估计你在昏昏欲睡。

穿越是我的强项。我在你的时光里策马扬鞭，驱赶零下二十度的寒冷。

我要点燃你，所以我无所顾忌地钻木取火，洗劫你视野里所有的光。我只愿让你刻骨地记得我。

彻夜仰望也是我的特长，在爱的专场里演出，我宁愿腐朽，也会让生死不渝的你依旧光鲜，依旧香甜。

此刻，风是极简的。

此刻，喜欢在存续。

6

文字的村庄里，你是村长。

另一种真实里，你吞噬着我的骨血。因为我一直在我心上的，故而声线变异也情有可原。

青青又芬芳的日子，火烈鸟啄食阳光的雨天，村口的炊烟是我写的情书。

木格子窗上，贴满爱腾跃的故事。一个细节又一个细节，我都很深情。

  窗前墨绿的是什么呢？我不去看都知道，那是栽植的相思。

  安静是粗茶淡饭后村庄的福分。我有十万个理由不走，也不会先走，一直守着你，直到坚硬的光阴变得柔软。

  我是不会退缩的。善良的月光，会读懂我。

心的发线贴了一枚季节的标签

一滴泪,挂在记忆的睫毛,怎么劝说也不肯滴落。
流星划过,心开始有些空落落的,渐渐地,空不见底。
难道是把你挡在心门之外的缘故吗?是一切的必然吗?
我在反思。在田野的枝梢上,在麻雀叽叽喳喳间,在街头女孩的高跟鞋声里,甚至在老家屋檐的瓦楞上,都能觅到你的踪迹。
我很紧张,生怕那滴泪,偷偷地坠在人家的纸端,并洇开一个别样的季节。

站在高处,风不大,雨有点凉,一些承诺敲打季节的神魂颠倒。
砰砰之音,引来一只啄木鸟的回应。
翻开一些陈芝麻烂谷子的往事,晾晒在空的再也不能空的诗行,让心的发线贴上一枚季节的标签,算不算想念呢?
心的发线贴了标签,你再也不会走丢。我安静在黄昏的影子里,喝着咖啡,听着一首近乎遗忘的歌谣,暗自得意。

草原嘹亮起来，因了一只鹰，还有一朵格桑花反季节的绽放。我循着那枚嘹亮，渐渐走远，与当下越来越远，直到记忆成发线上的黑点，像一颗痣永远嵌在肌肤。

如此一来，那些深不可测的诗句，与心底洁白的云，突然一起绽放。

即使戴着有色眼镜，我也能看清柴扉紧扣的日子，像牡丹一样活色生香。

月光铺陈的稿纸上，现在的我，恍然有了唐朝女子的优雅，发髻一端明晰的故事，明晃晃地亮着一滴盈盈欲滴的泪，居然映出了爱情诗。

于是，为了赢得温情，一枚标签贴在季节的发髻。

心事或深或浅

1

小城上演的故事，撩拨着晨昏。我手持一把隐身的折扇，私藏着飞鸟的心事偷偷闯入。

一位老头，领着他的徒弟，慢悠悠地打着太极拳。老头的一招一式，有模有样，扯着那几位徒弟的眼神，腰肢拧出窃喜。

我自言自语，也要学打太极拳。我说话时盯着老头的。他瞅了瞅我，眼神跳了几下，缓缓伸出右臂，向右推开一缕空气。

老头的徒弟们冷冷地转身，看都没看我一秒。

我有些幸灾乐祸，扭头张望。

我的腰肢不曾柔软过，此刻依然僵硬。

2

倒退着走走停停的大妈大嫂，乜斜着跳锅庄的人，有些不以为然。

我也想倒退着走几步，但是心事拖了我的后腿。

不见跳交际舞的那些男子和女子，他们到了傍晚，才会踩着斜阳的舞步出没。

我也想混迹傍晚，独舞。然而我没有，我曾把一切尽收眼底。款款地搂腰，看似优雅地握手，相拥，旋转，点燃了周身多少双心跳的瞬间，还有追着红衣女子背影的目光，一览无余地在黄昏铺展。

风一千次的扫描后，我在扫描，对一位男子的背影凝望。

这样的心事，想必都曾占据过一颗颗芳菲的心。

3

中年的心事有些可怕，舍不得，丢不开。于是有些仇恨中年。

热情总会变淡，岁月的温柔让双眼发红，很多年前的情歌，旋律没了最初的痴迷。

黄昏里，我伸开臂膀，试图把昨日的清晨变成黄昏，在斜阳下把心事甩给河流。

白龙江，闽江，大夏河，洮河，黄河，凡是我遇见的河流，我站在河边把心事漂洗，拧干，染色，洗得发白，还有看不见摸不着的思念。

把过去的事翻了个遍，捋了又捋的不舍，一遍遍在河水的流淌里打着漩撤离。

心事流浪。我是我游走江山的王，我是我文字里永远的王。

一个默默结籽，默默枯萎的夜晚

1

阳台上，有鸟语，无花香。开花的植物搬到了新家，剩下几盆叶子绿得苍苍的生命。

鸟是霸王，盯着绿苍苍的绿，由着自己歌唱。

在清晨，在夜半，鸟儿"嘘"地两三声后入眠，花儿及沙发桌几醒着。我站在它们身旁，一些不满在蔓延。

鸟儿挑衅我的失眠，挑衅我对夜色沉默时接连的"嘘"。

"嘘""嘘""嘘"……

生活里亿万个"嘘"在挑衅着光阴，在那些"嘘"声里我抹去很多，同时也得到许多。得失之间，一切如"嘘"地跳过。

我开始愧疚，愧疚喜新厌旧的坦然。

鸟儿或许厌恶我，或者说鄙视我把它的一生装进笼子。它的厌恶与鄙视很简单，在一个食盒里蓄满粪便，剩下的两个食盒里唾满谷壳。

我隔着笼子，瞄准食盒使劲吹。一下，两下，谷壳散落一地。一些谷粒蓄入食盒。还有水。

鸟儿在扑腾，鸟儿在上蹿下跳。我在揣摩，鸟儿应该是躲避，唯恐我报复它夜晚的挑衅。

2

老房子旧旧的，像口破麻袋，塞满了陈旧与温顺，还有回忆。

总是要选择，所以会对新奇萌生好感。所以，情绪也会陈旧，也会生锈。

几朵阳光依旧入住，往事该压箱底或者退居二线，我居然无法选择。

选择是双刃剑，锻打的钢水四溅，我想躲开，一不小心被烫得魂不附体。

鸟儿无法选，花草无法选。还有爱情，也没法单选或是双选。

于是，花盆里长出的谷草，细细的，稠密又懒散，没有多久高过盆花。

盆花，其实是绿色的植物而已，开花是很遥远的事。

谷草开花了，显摆两天，然后默默地结籽，默默地枯萎。

盆花依旧绿着，老成持重，眉眼一点也不谦恭。

一粒葵花籽细嫩的芽瓣，顶着壳，摇身一变主宰阳光以后，头更低了。我的头也是低着的，像一条寻寻觅觅的狗。

鸟还是老样子，高兴了"赤红雎鸠"地歌唱，不高兴了"嘘"地三两声，不想改变的样子。

3

　　阳光很豁达,一步一步地挪。东挪西挪,挪出了晨昏,挪出了冬夏,挪出了一盏阿拉丁神灯,挪出了我的爱情,挪出了我的一辈子。

　　我不知道我的一辈子,是否有着咖啡豆的色泽。

　　《诗经》里没有咖啡豆的描述,只有黄鸟,只有荇菜,只有丁丁的伐木声。咖啡豆,虽比不了大豆的黄,醇香得游刃有余。

　　记忆的豆荚,犹如憋不住的秘密,爆裂在一个夜晚。

　　梦很苛刻,少了金子和爱情。还有被追的无处藏身的狼狈,还有伤心欲绝,还有想不起长相的爱人。

　　我试图抓住一些美好,奔跑,挣扎,醒来泪湿沾巾。

　　无法选择梦,无法淡定,无法释怀,无法预料,无法含蓄,无法平静,无法收纳光影的矜持,无法摈弃喜新厌旧,无法打磨硬度与厚度。

　　鸟儿不平静。世界喧嚣。

　　我活着,你也活着。万物都活着。

　　活着就活着,就这样活着,放大与缩小,是很遥远或是异想天开的事。

秋声中的合上与打开

1

　　当山坡上的一丛黄花击中我的时候,我习惯性地甩甩头发,以期风的垂爱。
　　心突然就那么突突地跳,开阔的灵魂,善良的词语,滑入一片玉米田,羞涩的姿势宛如刚刚穿了一件丝绸的旗袍。
　　柔软的腰肢,在淡淡一笑中灌醉了秋。
　　侧耳,柔媚漾在田野的长篇小说,生出疯长的思念。
　　依依不舍,爱过的人。有缘没有分。爱情魅惑了秋色,焐热了感伤。
　　我醉在芳香的心事里,想让光阴逆流。
　　卑微与宏大,远远躲在秋的辽阔里,任凭我一寸一寸地叫喊,也完好无存。

2

我习惯性地坐在秋的门槛上,期待与霜的约会。

安静中,反复咀嚼一本线装书时,就连标点符号,也摇曳着天荒地老。

忽然,那头老的不能再老的牛,慢腾腾地穿过村庄,乌溜溜的大眼睛瞥一眼,秋草间居然响起花腔咏叹调。

一些花一直盛开在记忆的田间,蓝色,黄色,紫色,白色,星星点点,映衬着林梢的一抹金黄。

草丛里蹦跶出的一只蚂蚱,跃跃欲试在盈盈的光影里。我突然忘记了季节的脸,剖开记忆,翻开过往,搜索了上千次,也没有捕捉到最初的心动。

心的笔记本里,那些花儿摇身成一朵雪莲。

蓄满的执念,渐渐拉长远行的背影。

3

月光不肯白白舍弃一份美好,执着地为大地文身。

我发白的心事,自言自语的影子,沉湎在熟悉陌生之间。

学着转身,背部忽然有了苍凉之感。

我分明听见秋虫的喁喁私语。云烟一样的秘密,游荡,徘徊,最终落在远方之外的远方。

就这样,守着一个秘密,在秋声里穿行。我忘记了天涯海角的遥远,咫尺的距离,我栽种的薰衣草,与冬花一起盛开在文字的轨迹里,幽咽一方华丽的辞章。

青春再度撩开爱的面纱,轻轻搭在老屋的眼角,而后忽闪着星光一样的惦记,再度合上打开的心事。

此时,你的目光,不偏不倚落在秋声里!

霜降之前，遇见彼此

霜降之前，我们遇见了彼此。

没有寒暄，没有客套。安静，沉默。

我们各自数着手指。数来数去，没有多出一个小拇指或是大拇指。

一只迷路的蚂蚁，在行走。动作有些迟缓，模样有些老态龙钟。

尘封的琴，躲在墙角，讥讽蚂蚁的迈步。

感觉很危险，木愣愣地把手放在地上，想记下蚂蚁寻觅的画面。

风似乎在笑我们的木然。

窒息，忽然窒息。在碎碎念里窒息。住在梦里的记忆累积，在我的窒息里渐渐绝望。

此时，阳台上花儿的生活等着我们挥霍。

暖气管里汩汩的热度，让蚂蚁的血管喷张，让安静有些心慌。

风隔着窗户张望，一杯速溶的咖啡也在张望，我们也在张望。我们的目光碰撞之后，不由分说，一起咽下蓄积已久的叹息。

忘怀的张望里，悲伤袭击了灵感。

一张极薄的宣纸，透明墨汁的恣意纵横，我强忍一丝嗔怨，使出一生的气力写了一个字，一个没有墨色的字。

　　我异想天开，想把蚂蚁挪到季节的宣纸上，为你搬出一个家。

　　或许，直到我的意念山穷水尽，才会把那只横空出世的蚂蚁搬到纸上，用月光浸透的墨色标记书香。

　　或许，我们应该转身，那样才符合陌生的直截了当，符合谢绝雪上加霜。

　　难道心海的荒芜，是因为你停留后的承诺调侃了所谓的浪漫吗？

　　蚂蚁与秋改写的一个故事，属于我们的那个故事，被我们书写的毫无章法，那些内容连我们自己都看不明白。

　　其实，不该在霜降之前遇见彼此。

　　其实，遗忘也好。

　　其实，最好不曾遇见更好！

如果满城飞雪，我们可以远去

　　风一直记得我们的约定：如果满城飞雪，可以远去！
　　是的，如果满城飞雪，我们可以远去。
　　这么多年，一直无雪。城市空着，直到我们远去。
　　满城飞雪，我们的远去使我的心疼了不止上万次。
　　把我们的影子镶在纷飞中覆盖我们是最好的方式。除此之外，还有什么更好的办法呢？
　　我们只能看着各自远去，只能看着，定定地看着。
　　我想为我们的绝情铺垫些情绪后再写下关于我们的文字，哪怕是只言片语，哪怕是为了记录忘却的理由。
　　可是我的词语匮乏，竟然无法腾挪出一个标点符号，无法挤出一个字一个词。
　　歉意一再折磨着我和我的灵魂。我只能孤单地承受。
　　多少的不安，在风过有痕的卷宗里抄袭感伤，还时不时地审判一些落寞。

某个滞留的情节，在季节之外的季节里徘徊，悄悄打消这些年的忐忑。

我不去追究，还剩下多少的温存值得眷恋？还剩多少的爱恋在心没有停留的地方打劫过往？

爱是抢劫犯，蛮横地抢夺了我们仅有的温情，而后令我们变得决绝。

我们的转身，我们的冷漠，在我们离去的叹息里，释然雪花作为终结者的理由。

没有我们的地方，一定很芳香。我们这样去想，或许能开脱伤悲。

其实，雪夜是寂寞又安静的。

在这样的日子里，大雪覆盖我们是有情无情的戏谑，还有所谓的缘分。

如一场梦，梦醒了，我们各自渐行渐远，最终消失在我们读过千万次的诗行里……

不肯忘记的安静与寂静

1

冬雪深情，飞舞的相思提心吊胆在晨雪素白的日子。那刻，我在沉思，用温存亲手腌制了名叫珍惜的词语，而后藏在身后，打算见面时送你。

风，甜蜜了霜雪。我的等候醉了冬日的晨昏。

我一直站在原地想念，那些沸腾的春光没有惊动我。索性就那样站着，在最显眼的地方等你。感受你眼神的温度并不是神话。

风吹过来，一些诗意开始绽放。

眉间散开的心思，在柳絮的漫天里，成一幅水墨画。

纷纷落下的一些相思，如春天的楸子花，染白了心坎上最柔然的瞬间。我是不会输给那个有你的春天。

花儿静静地开，满心欢喜。一直一直开，直到有一天，故事得体地提着一把岁月的砍刀，在我的游走里来回切割。

即使那样，我也情愿在春天里羞愧，也不愿放手一生的等候。

2

一直不肯忘记也无法忘却，那朵白过雪的花朵，一朵一朵，纷纷盛开在记忆中，像镀金的诺言，一直闪耀。

秋最深的那些日子，即便一株酷似发呆的枯荷，有些心情搪塞了心事。低眉顺眼的态度，安慰了我曾经的曾经。那些没有你的日子，算不算浪费？

我学不会用结绳计数来永恒那些瞬间，却记住了丢不掉的曾经。

一些楸子果紫红的时候，我站在树下仰望，期望那颗最红的楸子会落在我的脚边，让我轻而易举地捡拾，犹如等候你的出现。

逝去的光阴，被风嫉妒。

那年，那天，那个连累了风的夏天，就这样漫过文字的心尖，滴落在一个显眼的位置。那是只有你看得见的角落。

既然你那么喜欢远方，我可以站成一株草的样子，恰到好处的情怀，适合等候。更适合怀念。

3

我一定要做个暴发户，趾高气扬地站在珍藏的风景里，把很早很早就安排的相见，模拟很多遍后，与你在《诗经》中执手。

我不想过于懦弱，对束手无策的那场等候，风处于两难的境地，不知该向着谁？

在一棵古老的树杈上，高悬着我不愿意一不小心就老去的故事。

偶尔闭眼，我成为一名杀手，只用几秒钟，抹杀了蜉蝣一样的情敌。而后坐在江南古镇的石板路上，做一个局外人。

我不想要的结果，装进一个漂流瓶，送给大海。

文字生锈的路口，你依然在远方。想起最初的心情，心会讶异地疼痛，疼着痛着，开出一朵天山雪莲。

这些年，我开垦的花田种了鲁冰花，想摘一大把寄给远方。因为你在远方。

我可以假装成天生丽质又好看的女人，成为一个与彼此无关的故事中的配角，好生扮演每一个表情。

我也可以重返记忆的大观园，做个园子里任何一个姑娘的替身，轰轰烈烈地上演一场戏，让你反反复复地看好多遍。

4

我想把三年的回忆从风中抹去，抹得干干净净，不留一丝痕迹。

回忆在安静，回忆愿意安静。我也愿意安静。

安静里，手机始终是不安分的，不舍昼夜，迷茫着安静。

我明明知道，手机里藏了一个故事，一首歌曲稀释了的故事。

只是，那个故事与我无关，也与我的季节无关，更与我的安静无关。

于是，我想到了朋友的话：越是寂静处，越会与自己走得近。

安静与寂静，是近义词吗？可是感觉的差距好大，大得无法区分。就像思念与想念。

我在原地走着，转着圈走着。我的目光一点也不凌乱，我的目光温和，不会刺伤那匹你牵着的白马。

我在写一个童话，不一样的童话。

有些记忆被挪入童话，有些想念没有就没有了吧，比起失忆，风更在意当下，童话更在意当下。

在意的当下枯黄时，我想去流浪，行囊里满是童话漫长的半生。我的半生也在童话里。

我是认真的，从开始到现在。

5

风无影无踪，我不肯忘记，我要重写等候。

所以，我不怕分不清东西南北，我不怕在高海拔地方跳跃，我也不害怕在海浪里拥抱风平浪静。因为不怕，我会等候。

在想念中等候，在季节最显眼的位置，等候你的出现，直到楸子花开满记忆的心田。直到山菊开满北方的山坡，覆盖一个个故事。

有些故事的章节要删掉，有些人物要重新塑造。所以取舍很难。

如何取舍呢？夜色大概没有想过，故事里温暖的蓝色，在俗世情感堆积的深夜潮汐般袭来。

满天星光里，那些温暖视而不见安静或者寂静。

我只好设法走近自己，学着女主角的样子，让风拂起诗歌的裙裾，心的飞扬，只在瞬间。

走近自己，在往事里吟一曲梅花三弄，就此迈步。以期步子迈得稳一点，靠得更近一点，再近一点。

心意是不会辜负夜晚的，只是乱了阵脚的写法，不知如何以不肯忘记的安静与寂静开头。

第四辑　山水的词语繁花似锦

草尖上的伊犁

1

意念风生水起出一方天地，勾画的领地，圈出一个自由的国度。

那拉提的马儿和羊只，像是幼儿园全托的孩子，在碧绿的园子里，顺从地打发初夏时光。偶尔，踮着脚尖，采一把园外疯长的阳光，喂饱一寸一寸渐长的守望。

牧人的长鞭，鞭起鞭落间歇息、奔跑、挪移，青草尖上的露珠，润了羊儿的叫声，咩咩的腔调，嫁接出的花腔，惹来一个个花枝招展的人，跋山涉水出一个个传奇，夹着异乡的气息。

自由，呼吸的思想，惬意出凉悠悠的那拉提草原。

贪婪，渴慕的眼神，拔不出热烈的目光。

此时，我的笔记本飞扬出坚守的词句，有些悲壮。

2

　　马蹄，踏出一路清脆。冷静出阔大，远大成草原、远大成河谷、远大成人人向往的地方。那抹独有的绿约束了自我，随意出一个空间。

　　心，开始一下一下，剥出鹰嘴豆的乖巧，在掌中独舞，宛在水中央。

　　我磨破的鞋底，窃喜。不敢在诗人的眼前抬脚，想方设法掩饰千里迢迢的窘迫。一些脚趾扣出的欢喜，藏在草丛，令慌乱蹲坐成一个背影。

　　其实，诗人们都是啃着文字的牛羊，模仿着草原上的生灵，骨血渗出的狂喜，像极了互动的云朵。

　　互动的场景，定格出一个场面，清晰了一粒井底的石子。汪出的影子，是咬着青草的诗人。

　　牧人，坐拥江山的王，一点一点，一天一天，雕出一个部落。于是，一个又一个部落，飞扬开去，开始学着记忆。

　　在溪流向西，向西的路上，直抵伊犁河谷的字句，被我嚼成了粉末。

3

　　六月的裁刀，一下一下，裁出云端上的伊犁。

　　一只云做的羊，飘在一块绿毯上。马背上亮起的诗句，起伏在云端。

　　一枚石子样的珍珠，嵌在陌生的纸端，呼吸出一尾酷似我的鱼儿，游弋在草原上。

　　身处高原，我醉在伊犁河边，掬起一朵诗句，伴着昏鸦的歌声，浅眠。

　　我原本打算是要抱着你的，不是礼节性的，而是永远渗在你骨血的拥抱，风云雷电，人流车鸣，与其他人无关。

　　因为爱，一些心思蹲在文字的一角，没有陌生没有遥远。

爱是多么奢侈的字眼，热烈出薰衣草的骨架，只能永远挂在一个名叫伊犁的地方，向着诗歌的地方飞翔。

4

爱在星光下，晃悠悠，晃悠悠。于是，人也有了爱情，我也就默默地爱了。在天堂一样的地方，只愿停留再停留，拒绝任何方式的启程。

终究还是要离开的，虚构的生生世世，与嘲笑无关。

我是羞愧的。把心埋在羊的耳朵里，然后把肢解的灵魂，扔上马背，抛向云端，伏在草间，埋在草原，向着太阳升起的地方，直到开出一朵天山红花。

我知道，我是不善言辞的一匹马，一直反刍，用向往、用回忆，串出一个别样的赛里木湖。

尘埃之外，我成功逃脱鞋子束缚的灵感，放牧文字。

路，一点也不长，几千里铺陈的字句，除了句号，就是感叹号。

停留，框架的时空，在倾诉。

5

风的目光，总被文字打湿，雨淋一册的诗句，阡陌纵横。

诗的国度。咫尺的遥远。

我找寻的前程，我找寻的风景，在一只鹰的盘旋里，响起阿肯的弹唱，技艺传承出一个别样的世界。

无法驾驭的灵魂，切割烤全羊。肉串上冒出的香味，直抵灵魂。

时光的留声机，滴答出山水的轮廓。偶然的必然里，必然的偶然里，我俯首称臣。

关于文字的记忆，花朵滴血的芳香，牡丹也为之叹服。

关于歌者的踪迹，不必去觅，因为一直，一直，一直在。

我想用一百万粒文字，打磨属于我的伊犁，拥有热烈目光和热情的伊犁。

6

我的姑父，骑着电动三轮车，每天丈量着伊犁。

离乡五十年，他的十亩麦田，就是一幅诗意的薰衣草油画，唯美的苍凉。

牵着山羊的维族老汉，用汉语问姑父，你的丫头？姑父开着他的车，稳稳地点头，额际笑成一朵菊花。

我一一捡拾，像个怀揣五十年乡音的人，跟着风，行走在伊犁的心坎上。

小麦，甜菜，黄豆，玉米，还有院子里两只刚出窝的鸡仔，任凭光影再三漫过我远行的目光。

姑父，拥有一个赛里木湖，拥有一个薰衣草基地，拥有那拉提草原，拥有伊犁，乃至整个新疆。

五十年目光的丈量，五十年汗滴的抒写，在永远的守望里，麦田一片羞涩，等着开镰。

我觐见的步调，着色出我的王朝，意外的格局，成全游走的行囊。

光阴，再度为我搭建起一个独我的世界——草尖上的伊犁……

风领着我穿过河西走廊

1

风呢喃着歌词还是诗句，我一句也没有听清。

因为就像堆雪说的，风吹着风。

狂野的眼神，狂野的注视，狂野的时光，在时空交错的走廊，属于我的那条暗河，如此奔涌，又如此安静。

我的思绪叩响光阴的窗棂，触摸几千年的风霜雨雪，十万个漫漫长夜，一点也不多余的素材，丰满我空白的诗行。

我开始张望，我的思绪开始游离，我也开始想念。

我走的时候，老家的新麦已入了磨坊，可是窗外晚熟的青稞，躺倒在大地的臂弯里，念念不忘一个铜奔马横空出世的地方，一个叫作汉朝的统治者，一手缔造了仪仗队的雄浑。

大片大片迷惑了眼神的金黄，搅和了眼神的迷离。麦子？青稞？那略带暗绿清凌凌的黄，明媚出晚霞一丝的殇，绿着，晃着，一晃一个季节。那贴身的衣装，纠正我的断言。玉米，玉米，那宛如青海湖边的油菜花一样明媚靓丽的，是玉米。

一截一截，不知哪年修筑的城墙，用残垣断壁，描述了曾经烽烟四起的历史。

走出去。挤进来。一截土墙，绵延了驼队歇息的旅程。

2

绿镀身的铜器，一路风尘，涌向甘肃省博物馆的展厅，只留下雷台30多件信物，固守在标有中国旅游的一个公园，接受南来北往游客的膜拜。

我的灵魂藏匿其间。羞怯地站在一角的釉彩盉，用独一无二，告诉世人，那个空间它们占用一个"最"字。从重见天日那天起，深刻地泗渡季节。

我的抵达，我的离去，没有惊扰一个安静的午后。多看几眼，而后告诫自己，瓷器面世的那年，虽为陶身，虽是一把黄土沾了水的故事，但它们的记忆已经风烛残年，它们已经被叫作"釉"的衣装裹身。

风电车，呼啦啦地，扯出一个又一个圈，不快不慢，不急不忙，在干巴巴的地方，做着时间的歌者。

如我臂膀的叶片，像三叶草一般地盛开，而后迎风说话，讲故事。我分明听见卫青，听见霍去病，他们的短暂对话。

一辆辆载着风车之翅的车，从想念的路口，从记忆的身旁走开，有点慢腾腾。一个车厢仅供两只翅膀的车，贴地的飞翔，学着风车的样子，试图划开一个有点光亮的傍晚。

日子过成荒漠的风，任意游走，成就了诗歌，还有一个晃疼记忆的故事。浓墨重彩的几笔，就差那么一笔，成世上的绝唱。

雨来的时候，一棵胡杨，恰好用一抹金色与我永别。

3

我的短发，掠过凉州和肃州的目光，还有瓜州的惊愕。多年前的画面里，我的独行，像一本线装书一样，成为我王子的显摆，当然，还有那些零星的文字，击中过某个人的心房。

因为遇见，注定的明亮，变得含蓄起来。

一个个感动，没有老态龙钟，估计只是覆盖了万千的遇见。

恰好此刻，你的抵达，暗合了我久违的心境。

一杯咖啡氤氲的醇香里，再度翻开你的诗集，一遍又一遍，沉吟在你的江山，听着风沙相互温暖的话语，看着暗淡光影下空旷凸显的冷清，记忆的王国开始摇曳千山万水。

此刻，被季节遗落的一些花儿，盛开了。

有时候，所有的文字都显得愁肠百结，哪怕再冷漠的词语，都在瞬间有了温情。

想必，此刻我在梦中。

4

有些场景，吻合一些心情，比如说那些文字里的秋叶，比如说文字里的冬雪，比如说一杯恰好此刻冲泡的咖啡。

突然，我的影子在你的江山里闪现。一些奔跑或者步行，以及撇开一切的冲动，静坐于城墙下。

粒沙，晕染的层层情愫，在莫名的伤感里，将落叶衰草萧索成一枚季节的果子，挂在忧郁中不能自拔。我只能，静听。

我酩酊大醉在诗人的独白中，让一字未写的稿纸素面朝天。

我不敢想象，如何将那些沙粒与风编成一个故事，并无限大地撮合季节的爱恋。

一幕幕的灯影，最终把我一沓一沓的怅然，用一双巧手剪成窗花，贴在我的案头。

王子在家，我在千里之外。想家很贴切，于是电波再度复述了我的河西走廊，还有那些零零碎碎的所见所闻。

无法逾越的思念，最终把我切割。

5

我虔诚膜拜的寂寞的雪山，我看得见的雪峰，与我的旅途和文字一样，孤独只是陌生的未知数。

我似乎捕捉到了我的青春，在一地金黄的雏菊丛中，你笑靥如花。我的目光扯出的百朵千朵万朵微笑里，居然有一个明媚的你。

风来了，拽着午间的热情，令我突然变得安静，直至在老乡家后院的葡萄架下，我酩酊大醉。

风花白了我的行囊，越过尘烟的粉墙，在我按下快门的那刻，一只狗儿对着我的吠叫，有着乡愁。

一些人，一些景，一些物，开启相思模式，用唐突描写了生存。

夜里，我居然在所有的光中对影成四人。我，与三个影，一高一低，一前一后，一左一右，一大一小。还有诗歌，也摇出一对夜光杯。

我用意念冲泡了一杯前世的咖啡，用来怀念我的河西走廊。

于是，我不顾一切，穿行，向西再向西。

于是，我拽着风的衣袖，酷爱咖啡一样，写诗上瘾了……

戈壁·想念

1

炎夏，我的心在一片绿荫中，依着风，沿着风，迎着风，向着远方穿行，直抵戈壁深处。

母亲去了戈壁滩的亲戚家，自此，大漠占据我的部分诗行，一再向我招手。

我的抵达，一滴，一滴，砸在戈壁滩的风中。

凝眸，白云深处的人家，在戈壁滩上带着一枚叶子的光芒，经脉显现着万千的热血。

戴着帽子，围着围巾，捂了口罩的女子，把自己一再折叠。戈壁滩上的绿洲，很珍贵，那方块的土地上，汗滴的痕迹，成圈，一圈一圈，打开一枚枚希望的花朵。

就像一枚邮戳，贴在心坎上的标签，就是那抹嫣红。

沙粒在阳光下，温热，甚至滚烫。

我把文字掩埋，挖出，宛如一个熟透的烤洋芋，烫手外，心也是热热的。

风，沿着诗歌，依着文字，自由成一朵云做的花怒放。

我的发丝，穿过戈壁，任一些故事变得透明。

望不见的水滴，隐在红柳枝头，顺便结下一串思念。

2

一个黄泥小屋，搭在云朵看得见的地方，方方正正，有着西画的感觉。

满目黄沙，陷在思绪的指尖，触摸变得温情，一朵花的热度传递清凉。其实，一切都是温热的。

一些乡愁，延伸在屋前的绿地上，春天撒下去的一碗青稞，绿着，嫩着，穗头饱满了风的情愫，所以沉甸甸了一个个想家的日子。

沙枣花就要谢了，弥漫的香甜里，风狠狠地扯了几下，有些心事也就撂在沙海了。

小屋一点也不孤单，孤单的是一阕无法寄出的乡愁。

清晨，跑步的云霞，捕捉那些情意绵绵的日子，带着鸟儿的啾啾，在一些电线杆划出的线上起伏，游弋。

一辆车，喇叭里漫过来的语调，有着家乡的味道。小屋为之一乐，低眉顺眼，认真注视，直到那声音远去，才把目光收回。

我安静地蹲在小屋里，任炽热一再反复，寂静得像有些消失的心事一样，独白在独白中。

我把自己镌刻在戈壁滩的清晨。风，光影，芦苇，诸多的物种以及云朵，一次次击中我，一遍又一遍……

戈壁人家的生活，繁华在黄昏里想象复活，之后打开话匣子，描绘云朵团出的色泽，以及芳香的心事。

3

晨曦中，芦草，铁塔，苜蓿，甚至风。云镀的金光，令一个名叫金塔的地方名副其实。

一些问候，在许多时候迷惑风，光与影舒展的一个个晨昏，有了诗意。

我的想念，一点也不影响戈壁滩的心思，没有惊讶，想必已经习惯了陌生人的过往，也习惯了所有人的走走停停。

孜然已经入仓了，与其结伴的那些茴香，在沙地里，一行行，一列列，像受阅的士兵，等候花开，等候在等候里。

云朵开始游弋时，风安静了，任一些心事自由盛开。

麻雀的喳喳里，戈壁滩渐次饱满。一些植物，腰身变得柔软，籽粒厚实，欢歌与千里之外的调子吻合。

我唱的一首歌，被风捎给沙窝。

于是，我学着戈壁滩上的植物，把心安放在沙窝，期待与一场雨邂逅。

有些想念，与你无关，却与沙粒痴缠成一座座山，起伏又起伏。

有些喜欢，也与你无关，依旧把沙粒扬成一个海，细微的浪，卷走一些伤感。

数不尽的相逢，在匆匆地擦肩中让风挥霍了所有的情愫。

4

　　一块一块,绿意开辟的空间,很是金贵。那些葱绿的植物,被异乡人视为掌上明珠。喷药的人,背的不是药桶,而是一个个希望,否则为何左手与右手配合得天衣无缝呢?

　　就像黄泥小屋与戈壁滩的交集,糅合了多少蜜意。

　　谜一样的果实,在属于他们的季节,把言辞和旋律,切入戈壁的一角,享受喜悦奏响的宏大……

　　慢慢变老的芦苇,一点也不羡慕苜蓿花的盛开。紫色的花朵,浪漫的心事,痴情守望成的绿色篇章,纯粹割草机的轰鸣。

　　我也是异乡人,文字堆积的热情,用牵挂呼唤一场轰轰烈烈的雨。

　　雨没有来,依旧热风,想念也就烫手了……

　　戈壁,绿洲,沙窝,骆驼刺,梭梭草,芦苇,以及更多,在分秒之间、在晨昏之间,风让我找不到合适的语言,唯有沉浸在安静,一直安静。

　　关于文字的故事,关于云朵的故事,关于草叶的故事,关于你的消息,都在回忆里,回忆的回忆里尽情舒展。

　　风风火火似乎是标签,贴在时光的纪念册上。

　　梦里,有些人一闪而过!

　　爱几正几反,几上几下,经我手经我心,在风中在阳光下在戈壁深处在注目里,自成一景。

格尔木情愫

1

我选了个好日子出发。很紧张,在摩的鱼儿一样的穿梭里,我一路狂奔跳上火车几分钟后,列车不顾及我的气喘吁吁,像灌足了风的塑料袋,西上再西上。

夜色浓稠,我在梦里下载数次的月色,洇开一朵花。

在西宁换乘,中铺、下铺的男子和女子鼾声如雷,一点也不搭理我在上铺怒目圆睁的沉默。

德令哈到了,我还醒着。格尔木到了,我依旧醒着,凌晨四点半的月亮,很圆,像来接我朋友的眼神,清亮。

我在匆匆里没有来得及拍下桂花树,朦胧隐去了。或许,我匆忙的一惊一乍,惊吓了格尔木的月夜。

我以匆匆洗漱匆匆,歇息在格尔木的晨曦。

上午十点的街头，我挪步的姿势，被格尔木的蓝天和云朵所袭击，一些情感也被绑架成猎猎的风。过马路的山羊，成箱的柴达木枸杞，黑的孑然，红的耀眼，还有像洋芋一样装在编织袋里的锁阳，晃疼客商的目光。

　　我礼节性地对着陌生点头，灵魂微微一笑。笑的间隙，左手撩了撩阳光的额发，把大段大段的张狂甩向格尔木蓝的深邃和明媚。

　　我是西游的侠女，随手裁剪意念。任性是一峰在我体内驻足的骆驼。

　　可是，我又成大义凛然的男子，我的臂弯拥着格尔木最美的姑娘，还有一抓一大把干净的蓝天。

　　诗人的微信抵达时，我心跳的速度，与格尔木的海拔一样达到2500。

　　心妥协起伏的辜负后，疯狂亲吻了几百万次那抹蓝。转身，把背上的一缕光芒，用纯净点燃格尔木的陌生。

　　沉醉之后，我提着疯狂的战刀，成为格尔木的入侵者。

2

　　我的入侵，挟裹了迷恋。

　　梦的嫁妆里，我亲手把阳光植入，一针一线，认真缝制。我还闻到了雪花膏的香气。

　　我再度燃烧。在格尔木的街头燃烧，以柴达木的温热，以察尔汗盐湖的洁白，以可可西里的风，以昆仑山口的阳光，还有胡杨林的细沙，以及无忧的西风，放纵的燃烧。

　　林梢铺满了我的目光，我听见倒流的月光，把我体内的病菌，统统用誓言灭绝。

　　于是，我恍惚不定，晃晃悠悠如宿醉的人，满嘴酒气面对红尘。

热情放大我的诗情,我像个移居三十年格尔木的异乡人,用余生的时光爱着。想念在轮回,坐在蓝色锻造的副驾座上,我把所有掠入我的镜头。

路在延展诗歌,无邪单纯地蔓延。爱藏在旷野。

我竭力忍住一棵沙棘树拽扯的欢喜,橘红色的小果果,一次次地笑着潜伏在我的笔端,最终让我的欢喜扔下疾驰,站立成她们的模样。

涌动的喜欢,做着一个旁观者,毫无表情地舞着。我也醉心地起舞,贪恋在那抹世间顶级大师无法描摹的秋黄里,轻轻打开我的心扉,呼吸再呼吸。

风停止晃动,想念热胀冷缩。缺氧那么淡然。爱与愁,从暗夜翻山越岭而来。

红枸杞闪亮的牵挂,血色一样漫过格尔木的蓝天,在云端腾跃,而后拥抱万水千山的奔赴,在一滴阳光下讲述美好。

西行一千公里的路上,灵魂很天真。一片海,不偏不倚搁浅在爱的头顶。

爱是名词?动词?动名词?交给风去研究。

3

风很懒惰又很勤快,是一粒无心的种子,洒满西行的角角落落,喜欢狠狠地欢喜着。

我扬起胡杨林眼底的细沙,把童年挂在三千年的冬天,顺便也埋入相思。

与风在某年某月某日的那次拥抱,席卷城市的车水马龙。乡愁是秘密。

脚印被放大又被抹平,从前的爱不留痕迹,一圈圈的故事,适合沉默。

几颗羊粪蛋，挑衅遥远的耐心。

我无所顾忌的喜欢着，很贪心，丝毫不放过梦中三十万里的桃花，看着听着恋着。

突然，那个搭在树杈间的鹊窝，揉入山河的美好。我站在树下，像个孩子一样张望许久，才让心思回到原点，把春天的承诺妥妥放置，也把所有转嫁给那只远行的花喜鹊。

目光有些疼，耀眼的不是雪。雪在沉睡，所有爱化成的标点，沉淀诗人眼眸的短句。

那些落叶叠成的小径，斜斜地洞穿一切。叶子醒着，空旷着空旷。嫣然一笑是久违的相见。

我任凭思绪放纵，从沙丘滑落，做着高飞的姿势，重复多年前的重复，剪切多年前山野的气息。

我囊括风祈求的唯美，以及那些沙粒的想念，让狂喜锁定又一个午后。

一根，两根，三根。不，是四根乃至很多根胡杨的肋骨，在沙跌落之前，拿捏着我文字的骨髓，直到存在像闯入者。

其实，我就是闯入诗人灵感的劫匪，偷袭了爱。

4

想象是个好姑娘。所以诗句伸长三月的臂膀，偷偷捏了一下我文字的下巴，时间开始变得唯唯诺诺。

我想到黄河，我想到长江。

金鱼湖里不见鱼。白天鹅和野鸭泅渡了鱼的记忆，浩浩荡荡的振翅声，浪漫安静的水车。车轮上还挂着的那枚阳光，大大方方问候简单。

只差一步的温柔，让风隐藏在冰面之下。

冰面上起舞的男子，很帅。但与我是陌生的。我们各自沉醉，在各自的沉醉里沉醉。

陌生，一个个陌生也无法冷淡我的漫步。候补的景致，在夕阳下倒映出豁达的收留。

我依着云朵的栏杆，目光在弹奏季节的前奏，一曲《静夜思》让旅行婉转。金鱼湖，西湖，一样的湖，不一样的杯盏。

让心归位很简单，天鹅的羽翼闪耀着最初的守口如瓶。

猎猎风中，我一口口饮下薄凉，五味杂陈的那首歌，让岁月的美好变得模棱两可。仰望是戳痛记忆的习惯性动作，一次次地薄凉咖啡的香醇。

恰好，一朵风盛开在梦境的护身符里，有些画面怎么看都不够，千遍万遍。

如果可以，我想做个行走的导演，自编自导自演，独角戏里我始终是主角也是配角。然后，在一个安静的画面里，让故事一次次渐行渐远。

对于写诗，我是外行。在诗人面前，我羞愧地低头，语无伦次地重复与诗歌无关的话题。

诗人的格尔木，格尔木的诗人，彼此浪漫着。高原开设的栏目，一直保留。

离别诗人时，天蓝，云白，草黄，风大。我把纯洁写入远方。

5

文字总会虚晃一枪，我隔着车窗玻璃，把一帧帧风景片做成箭镞，射向灵魂。或许，我会用岁月的回马枪，把昨天刺穿。

爱总是套用古人的兵法，把聪明和乖巧，用一碗奶茶灌醉。

我的忧伤，不应该有的忧伤，从千里之外的晴空轰隆隆而来。我眯眼，抬头，用仰望拒绝迁徙的相思。

有些等待是有趣的，把格尔木的蓝做成粉汤做成包子，热乎一个清晨，放大一个故事。

那样的情境下，心情会词不达意，也会疯狂穿行，还会用流行的话语，赞美十二月逆流成河的花朵。

那样的心境里，车载歌曲由喜欢转换成喜爱，驾车的小伙子随着节奏摇摆，方向盘都变得含情脉脉。我一点也不担心，沉醉在沉醉里。

路过的风，安静的树，一掠而过我深藏的沉默。

这样疯狂地袭击格尔木，心的左手牵右手，梦的右手牵左手。美好很勇敢。

天依旧很蓝，云依旧很白，草依旧多彩地黄着。还有雪白，白得晃眼。那是盐碱升华雪的精灵后的佳作。

贪婪里，一轮银盘又悄无声息地清冷夜空，坦白拥抱了往事，拥抱的理所应当。

谁让我们读了很多年后羿与嫦娥的是非恩怨？所以宽恕是最真切的字眼。还有，那些明亮是不可亵渎的，颠倒黑白情有可原。

一些字眼，习惯在清晨被看作雪花，习惯去数标点符号雕的冰花有几瓣花朵，习惯用眼神的指肚解读寒冷。

或许，应该选择冬眠。永恒即刹那。

6

我以为我会冷冷地撤离，但是我错了，我让高原的蓝与诗意的遇见变得温情。

一片被冠以诗歌的云朵在微笑，被诗人送上出租车的瞬间，雪白的敬畏，漫卷车程。

出租车上，我听到乡音，真切又温暖，像格尔木的天一样温情。

爱看的天，爱走的路，爱听的歌，爱仰视的风景，被时光消磨的爱，入了中年，在西北高地变得不再遥远。

温润是行走无法企及的灵感，把寂寞收拢。

毫无关联的词汇，丰富的不仅仅是街头停留的异想天开。光阴不会的遗忘恍惚了隐约的相见。

最终，我在察尔汗盐湖边把匆匆抛向天边。一颗盐粒入唇，咸，继而苦。我没有拒绝咸苦的一切。站着、坐着、躺着，一次又一次地抛洒洁白。

友人的祝福也像盐粒一样洁白，一粒粒，明眸皓齿。

呓语搁浅在南方小镇无法伸手可触的空旷，高原依旧那样蓝，蓝莹莹的像田野里的胡麻花，蓝莹莹出青海湖亿万年来过分的认真。

我熟稔的话语轮回又轮回，红尘里的遇见转身又转身，俯首称臣在一条倒淌的记忆之河。

我不怕一切倒挂，我花光所有的运气，也不会有丁点的责怨。

格尔木转身的回眸里，关于情愫，关于纯净的蓝，关于透明的心灵，将我洗劫……

成都是一封我读不透的情书

1

我 40 岁那天，我的少年送我的笔记本，几年来随我心颠沛流离之余，稀拉着几行简约的心情外，其余的都空着。

朝着成都的方向，我用向往把空着的笔记本写满关于成都的诗句。

喜欢总是上瘾，戒不掉符合游戏规则。比如某个人的眼神，比如玉林路的尽头，比如红星里二段 85 号的窗外。

就这样，梦举着粉刷，一下一下，圣洁终极的目标。

关于对成都的爱，像我偷偷用蜂蜜、水、喜欢勾兑的护手霜，适合涂抹风尘仆仆。

2018 年 1 月 13 日，我把发梢多年滴答的一些忧伤，捏在一张火车票中，让欢喜在无名指与食指的尖叫中拉近与风的距离。

我在梦里斜躺到成都，对陌生假装视而不见。

宽窄巷子的记性不如从前，我用一杯蜂蜜柚子茶也没有唤醒。

冬雨滴落，或许你在默念大雪封山时，我盯着街头怀抱吉他弹唱的女子，诗句在成都湿漉漉的夜色中又把关于你的从前过了一遍。

想念下得很稠密，辣辣的麻麻的，令我措手不及。

2

我的灵魂在白昼入睡，暗夜醒来。一截被孤单拖长的行走，依旧香气四溢。

把陌生拽入留白，或许不是成都的本意。

你给我的留白，我紧紧攥在手心。在通向人民公园的公交车上，我是进城的幺妹，赶脚穿过，很镇静。

目光在翻耕。翻着翻着，浅浅的纯净里显现诗人的脸庞，一遍又一遍。我错过了站点。

遍地开花的《成都》，让我在梦里梳理城市的规则。我也学会了述说曾经的痛。

清晨醒来，雾从成都的东面扑来，带着高原的气息。我安慰自己，下辈子嫁给成都人。

这辈子的执念，今生只能从西北的一角，向西再向南，不停地落下，一直又一直。

因此，我一点也不介意，不介意风撩拨的陌生。

我的欢喜，像川府人家挂在竹竿上的萝卜条，有条不紊。有条不紊的欢喜里，我有些疯狂，我想要我的你在我身旁。

一朵花儿附在耳边私语：成都是一封你读不透的情书！

情书？成都是一封我读不透的情书？

我低眉顺目，认真地咂摸情书的味道。

风咻咻地笑我，扔给我蜡梅的芳香。

我在草堂，在"语不惊人死不休"中丢了自己。

3

一座叫青城的山上，我踩着不能相遇的文字，遭遇陌生的袭击。

你在前山的停留与我在后山的等候，令一些难以启齿的情愫让情书变成贪吃蛇。我在寻觅蛇蜕的时刻，一枚叶子的回忆摔倒在木阶上。

贴地的瞬间，骨头与灵魂磨合成淤青，还有锥心的疼痛，复制粘贴异乡的暖。

我握紧青城的风，变戏法一般，隔空与你冰释了前嫌。

装模作样多么可耻！我仰天长叹，从林梢拽下一朵影子，砸落满眼的你。

我开始嗔怨。安庆古镇的清流、米糕和腊肠，阻止了我，还把我秒变成姑娘。我不能拒绝，咂舌，揉一揉妖冶，随手把一些米粒一样的白色果果，稠密成老家的雪粒，簌簌真实。

记得。那年，那片雪，那朵光阴。无声无息，虚无，孤独，纷繁又素净。复杂的简单，简单的复杂。

诗，散文诗的穗头，饱满诗人们的书桌。

诚然，我在别离中学会自言自语与默默无闻。写得最疼的诗句，不敢让月色评鉴，怕被你发觉了，我比一座孤岛更孤独。

此时，霜花正好看。

4

我素颜，在成都的景迈时光，娇羞成一朵蜡梅。

125

词语的翅膀起飞，带着我发霉的一些文字，举着糖人认真地回到童年。

木槌捣出的香辣，把我装扮成锦里最古老的居民，用惊喜擦亮石板。

我咬一口米椒。我抿一口老酒。因为我是西北高地的一朵山菊，用手走路，所以醉在剑川博物馆不是意外。

爱是不会折旧的一把竹伞，倒挂在安仁古镇的流水间，麻饼堆叠的故事，密密麻麻出一本无字的诗集。

善良与爱，成一片海。我眯眼吸附爱。

成都，大邑，安仁。大西北的我，我的大西南，交集一摞精装本的行走。

此刻，隐居在白云村的云朵，概括了远行的欢声笑语。

此刻，我断言：很小很小的时候，我就在成都乡下的一个古镇里剪辑时光，握着一把三寸的剪刀，剪辑得游刃有余。

一些词语在游走，与我无关又与我息息相关。一枚似曾相识的枫叶，打着旋染绿过往。

我狠狠饮下成都的背影，把一弯沾着寒意的青镰磨得锃亮，割下冒着青色的田野，藏入笔记本，束在行囊，直到我离开人间。

你一定在笑我。我的矫情多么尴尬！

5

爱是一把裁刀。我在裁剪一封情书。

塔子山公园的蜡梅，金子一样闪亮，闪亮巨大的荒凉。一个剧本摊开了。

剧本里，我也是花下的茶客，独酌或静坐。你在我身旁。

天蓝，叶绿，花香，成都的冬日挂在我的指端，任我挥霍。

与生俱来的惊讶袭击花香，以千万匹白马的速度移过，逮住一大朵光影安坐。

此时，我习惯我的缄默如同成都的缄默。有些疼，渐渐渗入人群，风哗哗椭圆的静寂，在心的阡陌上制造属于我的情话。

路边的青果一定是青梅，我的目光用洪荒之力买下的梅，我不煮酒，我煮相思。

心如钻石一样坚强，还会闪耀。

你的书写，我的书写，只要横平竖直就行，你说呢？成都笑而不答。

我开始有点忧伤，我不想写什么备忘录，成都已被我刻入我的肋骨，伸手就能摸到，随时随地。

我只能仰视，我只能俯视。俯仰之间，美好在雪花淡淡地来去中怀念从前，羞涩在灵魂的宣纸上点墨成金。

风过，青城崖蜜一样的香甜，恍惚爱的讲堂。谎言转眼不见。

成都很新鲜。

6

我是一只工蜂，用一生打造爱恨，用勇敢的想念，把爱恋嵌入青城崖壁的蜂箱。

诗人在云南磨砖为镜积雪为粮。我在成都仗着想念，撂倒诗意，任凭往事翻炒成豆。

众目睽睽之下，我把刑满释放的一些温柔，藏匿梅梢。

成都是一封我读不透的情书，所以我也不介意大段大段的忧伤剪切月色。

腊月与梅的爱情，我懂。所以，写真与真写里，我在挪移大朵大朵的阳光。

我还认真地安放了浮夸。我不能陶醉，我是有任务在身的人，我要安抚千里之外的疼。

行走奢侈，挂在成都的夜晚，一点也不孤寡。月光炮制的维生素C片，咀嚼有声。

一只迷路的蚁在穿行。我，成都。成都，我。爱浓了又浅，浅了又浓。

腊月写给光阴的序言，被我篡改，落在一滴梅香里。我看得见的隐藏很明亮，像极了被拥抱着我的分分秒秒。

粘贴的仰慕，最终蒙上暮色。

我的笔记本上三分之二的空白，盛满米粒一样的心事。

我的手指僵硬，握笔的姿势笨拙，捏着虚拟。

目瞪口呆是一个陈旧的词语。

7

笔记本里掉落的心情，盛开果粒一样累积的念想。纷纷，扬扬。

温暖如春不是神话。是的，一切很温暖。

从西北到西南，我轻轻地飘过，我想把自己留给成都一生相依。我想让你又一次穿透我的春天，令陌生变得温暖，令一树树叶子还没落下的梅早早盛开。

我欠成都一个修行。

我没有找到玉林路。我找不到，我只能在成都的街头走一走，走到人民公园的月亮都迟迟不肯落下。

那么，我极力淡定，直到回忆中你离开后再透彻安静。

让爱毕业，让时光的纪念册空出几行，为了书写宽容。

我戴着赤红的脸谱，心心念念的变脸，多出的一朵阳光，是我留给你的。

让秋天的怀念，金子一样的成色，渗透寂静，还有孤单。

沙粒一样，指缝里漏掉的文字，饮着阳光与鸟鸣，饮着匆匆那年的成都。我醉在街头。

我在成都的街头，用陌生读懂了自己。我的眼光是独到的，独到于一片茫然……

心思一直端坐，直到我躺在成都的怀里入眠。

8

在梅园，我把抵达的词语，路过的停留，声势浩大的想念，在火锅烫伤的味蕾里咀嚼。风远了，我还在原地。

一些酷似冰凌的章节晶莹着，《星星》深藏不露的爱在一株芭蕉下被我捡起，我突然失忆。抚摸的轻与重，一下便是一生。

麻雀或是其他，与茶饮的人一起饮着梅香。

灵魂深处的梅园里，我的目光在阅读，很奢侈。所有记忆的阀门自行开闸，读取明黄。

逍遥的投入，投入的逍遥。暮色里，梅园无蜂迹，我还在。我是追悔的猎手，喜欢的欢喜，欢喜的喜欢，交给光晕演绎。

我开始誊抄诗人的心迹。模仿是多余，因为诗人会看得见灵魂深处的光。

来日方长是哄人的最保暖的词语，我不想虚伪温暖。有些爱，有些恨，有些忧伤，安放的记忆慌乱。

我忽略自己，忽略你，但我没有忽略歇息的灵魂。

麻饼，糍粑，米糕，腊肠，我身披成都的味道回返。

夜里，我在站台合上心事，打开自己，默读属于我的情书——成都，千遍万遍……

亿万光年的情愫里想念犍为的所有

1

  回忆的牧草在疯长，许多年过去了，一个叫犍为的地方，穿越在与我有关的故事里。
  我的牧鞭一直举着，有了思想一般，不断升华、不断过渡、不断飞跃。鞭起鞭落间，几万头牦牛，沉醉在一朵茉莉花的芬芳里，不知所归，忘情地在月影下谈情说爱。
  我无端地嫉妒那些情愫弥漫的夜晚。
  犍为阔达的掌心，老街、茉莉花田、小火车，西画一样刻在光阴深处的南墙。
  我开始孤单，那些像牛羊的文字，成群成群地开始孤单。

2

一个夏日的清晨,我意外地给自己沏一杯茶,与风对视。

别人不知道,可是风知道,多少年前,我曾是大秦国的一名浣纱女,蹲在岷江边,一成不变的姿势,风化成晚秋的霜叶,魅惑脚步的尘烟,一再打磨怅惘。

于是,我试图打造一辆时光战车,文字做马,音乐做车,驰骋,不停歇地穿越。

花开的时候,有些谎言体贴了奢望。

十年之间,我就老了,感想也老了,战车还在打造,一直没有停下。

我感动了自己,那些泪花,给了风力量,以至于我迈不开步子的牵挂,单薄的影子,游移的不需要任何解释。

3

一波一波的等待,塑造的生生世世有些遥远,而未远去的是那艘船,承载着老街的万千故事。走着,笑着,哭着,看着,想着,念着,长着。

低微的睡意,跨过山水,成一枚南国的邮票,满是花香的光影里,所有的等候,所有的跋涉,所有的遇见,藏在一抹淡淡的情愫里,渐渐成为神话。

为了你,我的犍为,我懵懂的表情,自拍的剪影,夸张地贴在云端,等候一个个遇见。而后,我隐在无法放下的放下里,无法改变的改变中,穷其一生,挂在茉莉花田间,羽化成魂。

在一朵千年前种下的花里,浇水,施肥,习惯着农妇固有的习惯,张罗开一个暄腾腾的流年。

4

站在时光的甲板上，我穿行罗城，穿行桫椤湖，穿行新民温泉，穿行泉水溶洞群景区，成一辆带着翅膀的小火车，轰隆隆地游弋在犍为的每一个角落。

古镇，就像一面镜子，青春往事的经脉和骨血，显山露水到发光的石板，在一首歌的时间将我掏空。

眼神，笑容，走姿，我模仿渔家女。织网，赶海，偶尔撸一把岁月的水草，连同关于犍为的所有，结成一张记忆的大网，网住岷江水底的一尾美人鱼，云鬓戴花的张望，醉了海蓝一样的梦想。

云鬓戴花的张望，一次次开启回忆模式。那些无法替代的角色，在我是王的犍为在茉莉花构筑的我的王国，自由调换。

于是，我变得耐心，撑着一把油纸伞，想象成雨巷姑娘，慢慢地走着。长长的巷子，传来岷江和边河的号子，我跟着号子，变得意气风发。

5

一壶光阴，让日子一天天翻篇。目光总是跟不上阳光的步子，跟不上荫凉挪移的调子。

累了，眯眼打盹。那些豪气冲天的号子，居然成了我在犍为的摇篮曲，摇不醒我打盹的彻底。

还是上路吧，卷点姜黄，瓷实的白与艳丽的黄，晃疼行程。

为何这般躲避也避不开犍为呢？馒头可以不蒸，沿风乞讨到天涯海角，还是能嗅到一缕花香，淡淡的，幽幽的。

那么，一次就好，天荒地老，我也甘愿成为犍为的一朵花……

6

　　七月的爱情，擦亮文字的双眼，寻寻觅觅，为一朵花不惜万水千山。

　　那朵花儿不是西北高地的紫斑牡丹，而是街头洒水车欢笑而过时高歌的《有一朵美丽的茉莉花》。茉莉花呀茉莉花，你就忍心我匍匐在西北高地的一隅，看着黄河独自奔流吗？

　　那朵花儿在今年中伏的午间，让秋晃入梦中。就这样，我也不知不觉拥有了爱情。

　　那么，给爱建立一个文件夹吧！光影，情绪，都复制剪切后粘贴在宣纸上，让一滴墨恰如其分渲染出又一个爱情故事，而后打包整理。

　　整理时光，整理恍如亿万光年的情愫后，想念犍为的所有……

鹤壁，从临夏抵达的秘语

1

世上的词汇，在雕刻，濯洗，漂白。

远方之外，风说着方言，声调温润。

大禹，周文王，汉武帝，曹操，花木兰，许穆夫人……

刚柔相济的吟咏，在《诗经》打磨淇水的灵魂。千年前的伏笔，令台词多余，让记录宏大。

香甜擦亮岁月的齿轮，在穿越，让春天和爱情从鹤壁飞升入夏。于是，西北有了一个叫作临夏的福地。

诗书、绘画、雕刻，从鹤壁的铺陈里抵达临夏。行程允许质疑和考证。

鹤壁在月光下温情的秘诀，淇水之上的临夏熟稔！

此时，沸腾是动名词。

此时，鹤壁的诗词在摇着蒲扇纳凉，在炎热里窃窃私语西藏的风雪。

请允许我咬文嚼字，允许我誊抄的一卷经书柔情似水，铿锵有力。

不用赘述。浩荡的诗句，用虔诚抒写专属我的鹤壁，钻石一样镶嵌在中华大地上的鹤壁。

2

"关关雎鸠，在河之洲。窈窕淑女，君子好逑。"

淇水翻卷着窈窕，溯流而上，抵达河州——临夏。

"刀子拿来了头割下，不死是这个活法！"临夏用大夏河漫开的花儿暗合诗河滋养的千军万马，乡愁是隐藏在《诗经》里的方块字。

河之南，江之北，山之巅，水中央，导河积石的禹王悉数黄河的脉络，找寻时光之书。

所有的秘密隐藏着生死，隐藏着十万年前我背着金灿灿的史书行走的故事。

你一定不知道，我破译了一个草原和牧人的秘密：那些像黑豆、像白珍珠洒满绿毯的牛羊，有着佛的模样。

风有时候胆怯地饲养壮烈，任一把清水里的刀子，放生、豢养、啃咬、转动一个个经筒里溢出的偈语。

高原沉湎卫风的亘古，诗意溅起的鹤壁蓝，让神灵居住之地圣洁，让成熟以爱的名义，修炼鹤的戢语。

一些文字显现时，我在龟壳上觅得临夏与鹤壁佛性的气息后，素斋，打坐，诵经。

月光下，鹤壁水灵灵的闪电与风暴，向着临夏倾诉。

我采撷临夏的露珠向鬼谷子致敬。

3

夏天的心事，依旧被风一次次辅以想象的画布，用独一无二的药引子，写下故乡。

天空锻造的兵符，在一只鹤背上让神灵抵达。

混血的板书在雕琢：秦腔，梆子，花儿，信天游，评弹，秧歌，锅庄，傩舞……

临夏紫斑牡丹挟裹洛阳牡丹魂魄的忠贞里，用时间温婉一朵生生世世的时光之花。那朵花，鹤壁为叶，临夏为蕊，娇艳最有味道的遇见。

《山海经》里歇息的山河与鲲鹏，金子做的骨髓，几万年过去了，即使被铭刻在王朝的颂词里，王还是王。

某一时刻，我是癫狂的王。从一开始，怀揣着临夏书写的素简，绝版的奔袭，向着十四棵竹简叩首，鞠躬，而后把自己完整地交给鹤壁。

大伾山与积石山，燃灯佛温暖的偈语，铺展苍茫。

从此，山水之间，灵魂会驰骋，会迸发出金戈铁马的辽阔，还会默默凭吊英雄镌刻的诗行。

曾记否？声光水幕驶来的飞鹤，在刀光剑影里，翩翩排兵布阵的方方正正和风雅颂的千千阕歌。

曾记否？离家的愁绪，也是秘语。

那些秘语是游子对故乡的忠贞，是对爱人的忠贞，是鹤壁对临夏的忠贞，是我对诗人们的忠贞。

4

故国和亲人的注视里，我像战马一样保持特质的行走。

我会在忘记一些方言的夜晚忏悔。让异乡虚伪的言行，丢失的灵魂，双手合十，低眉顺眼，接受赐予。

风，依旧是风，《诗经》的风带着炳灵寺的佛光，在鹤壁的白蛇洞，白龙潭，白龙庙，大大方方写下临夏白生生的欢喜……

雪粒、光束、雨滴、箭镞，生根、发芽，开花的轻与重，豁达的高与低纷纷而来，我躲避不及，匍匐在般若波罗蜜。

为了属于我的临夏与鹤壁，我在时间的倾斜中醒来，把一匹镀着月光的白马拴在夫人窗前。一些诗句自此盛开。

不要怪我在云端的滩涂之上站立成一尊雕塑，一次次地望眼欲穿，终于净手托住从鹤壁射来的箭镞沾着文明的露珠。

我除了在十万佛州的一隅，把黄河折叠成福音之书，暗恋。

那些暗恋在大伾山的佛光中醒来时，鹤壁把接近历史的晨昏，写下对于临夏的想念。

忽略的诗意，用世上最珍贵的颜料来描摹，雕琢。那些恢宏的匾额，抒写传奇。

一页诗篇就是一个诸侯国。

曾经的战火让圆的或方的鼎，还有酷似金人的匠人，几百年，几千年里被埋得更深，更隐秘。像一次次重新拆分的诗词，诗里诗外修行。

5

方块字的诗河，在流淌、结籽，落地，复生。

如此，这些年来，我在临夏吃着鹤壁的阳光，喝着诗经的雪水，在鬼谷子布下的营帐里隐居。

大把的阳光被我吃瘦之后，我是那一世的王，挥挥手，就把卫国、赵国的都城诗化了。

还有一条暗河——一条诗之河、一条史之河、一条生态河，镀金的光芒，让孙膑、庞涓、苏秦、张仪、毛遂垂钓。

字句千年的硬度，在时光的褶皱里，死而生，生而死。生死之间，秘语新鲜如荠菜，让我默默栽种。

鹤壁的梦，梦中的鹤壁——从临夏抵达的秘语，高歌温情的纯粹，高歌华夏波澜壮阔的诗篇。

移植、栽种，是我的特长。所以我把自己打磨成寒光闪闪的匕首，划开鹤壁的肌肤，植入带着临夏露珠的月光。

一些传奇像莫高窟的宝藏，或炳灵寺十万佛的目光，或苏巴西奇的泪水，毫无关联的弥足珍贵！

想念在西北高地竖起一块质感的牌子，写着思念、感动、回忆，写着2017年9月下旬朝歌园里与诗人们的拥抱与依依惜别。

灵魂在高歌："刀子拿来了头割下，不死就是这个活法！"

"关关雎鸠，在河之洲。窈窕淑女，君子好逑！"汤汤大河在回应。

鹤壁与临夏所有的秘语，是万众在这个世上喜欢的山水……

在巩义，爱迁徙

1

爱没有理由，赤足奔跑，脚板磨出硬茧。最后的停留，温文尔雅在一个叫做巩义的地方。

风雨阳光敞开怀抱，把幸福挂在岁月的指尖，触摸几千年前的温暖。

口琴伴着吉他声，热烈出大峪沟的天空。都是子民，回忆亲吻林梢的阳光，你心，我心，执着爱。手绘的恋爱故事，自由自在出一汪水灵灵的幸福，被光伏烘托成一朵永不凋零的莲花，盛开的热烈。

香喷喷的味道，在将军岭村的肌肤里溢出，袅袅炊烟划开的精彩，依旧是光埋伏下的种子。

我种下一枚阳光，种下温柔，城里的月光与林梢心照不宣，小夜曲漾开水墨的大峪沟。

爱不需要分辨，生生世世痴缠，呼吸也不抵抗一抹远离地面的思念。

那些思念，是一万英尺之上的。

爱从云层里衍生，放大到寸土，而后拥在怀里，温暖一颗颗心。

2

我是异乡人，我从远方赤足而来。披着坚信的衣装，捧着承诺的时光，跋涉的爱，感动自己。

我愿意做一个巩义的农人，开园种菜，或者驾车疾驰。

于是，我的想象在振翅，鹏程九万里，俯瞰巩义，细目光伏特色小镇。明晃晃的光影下，暗喜回到从前。

夏，西周，东周。我静若处子。

我着布衣，却吟诗作画。做诗圣的弟子，研磨，弹琴。墨香洇开万千的巩义，晕染关于光伏的锦书……

想象一点也不做作，只在月光下温酒，预热。

是的，是预热。

爱可以是峰骆驼，可以是匹白马，可以是跋涉者。放大温情，温热永恒。

祖先不惜代价，巩义也不惜代价，大峪沟人安然享受爱。

那些爱无须粉刷，用光伏、扶贫、旅游、种植的深度融合开发，描摹唯美，大气。

爱一点也不绝望。爱从来没有绝望。爱的绿洲在光伏里升腾。爱很可爱。

巩义也是可爱的，大峪沟也是，将军岭也是。我也是。

3

把我埋葬吧,连同爱一并深深埋下,好让我贴着大地的胸膛,作为拜谒的虔诚,在七步之内,在陋室里铭刻前尘往事,在韦苏州的田园做梦。

那些晶亮的万丈光芒,齐刷刷长出的深情,与温暖,与爱,与大气磅礴摇曳成花,纵横千里,根植在巩义的骨血。

我突然热泪盈眶,我把持不住自己,两千年前,我执意取下我的肋骨,一根一根,摆成文字,意念成诗。

剥离的依恋,失信的诺言,在一卷老书面前泪盈于睫。

在前一世孤芳自赏,不是我的专利。难道不是吗?那些记载,那些不曾冷落的稳定与繁荣孕育的天荒地老,延展再延展。

我是要使出洪荒之力来膜拜的。因此,我的文字是鲜艳的,如同我的血液。

触摸一点也不浮夸,荒芜被折射,团团成温暖,凝聚的精华,不分孤寡,震撼的一个词汇。

我在震撼里泪如雨下!我热爱的巩义啊,我期待的大峪沟啊。

4

爱是认真的,否则怎会有每一分钟的美好呢?

让我们一起种花,不劈柴,也不喂马。

让我们一起煮酒,饮茶。累了,坐拥光伏的江山,阅尽繁华,卧榻而眠。

在梦里,一朵朵花儿任性地开,北上广的繁华在将军岭村挥毫泼墨,江山如此多娇，巩义人是英雄。

一杯薄酒，伴着琵琶弹奏出的古道，已经熟稔的诗句，让诗圣点燃巩义的星光。

一些词汇腐烂。一些词汇沉潜。一些词汇金碧辉煌。

我找不到自己，我不知道在小镇我属于逗号还是句号。

用金子打造的铧犁，用金子一样的光伏，让美好形影不离。

我要在山坡上，种下西域的葡萄酿酒，用夜光杯盛酒。

以我大西北的豁达，在山顶上搭建舞台，星光下歌舞升平。

自由的灵魂，写下对巩义对光伏的情书，让星星在银河配乐朗读。

我是勇敢的，不会因为陌生而不爱，也不会因为在一世的情缘里感慨。

我的相见恨晚，在爱与不爱之间，巩义如一枚晶晶亮的叶子，闪在星空下，隽永，深刻……

安且吉兮

1

六月的雨在西北高原，盯着一丛丛狼毒花，突然咯咯大笑。

笑声纯粹，惊扰静卧的玛尼石。我安静着，捋着转山的文字，依然在山坡上端坐，等待花开。

一些诗句，从暗处溢来。

粽子一样的黏糊和瓷实，从江浙漫过来，从安吉漫过来。覆盖黄河的黄，覆盖青海的青。

山坡上的花儿突然说话，语调陌生却温润，于是《诗经》里的安吉飘过，云一样浮在高原的版图上。

一抹轻柔，泛着金山银山的万丈光芒。

语句和眼神，用安吉的轻柔铺平高海拔渗出的羞涩和委屈。

奶茶，挟裹着茶香的白，白茶的香。南之南，北之北。安吉绿着，一直绿着。

安且吉兮！

2

三年，是的，是三年。我的奔赴用心拼凑出一个竹林，像大西北的钻天杨，使我仰脖的眩晕，有了少女的情怀。

一棵竹，突出的骨节，简单，重复。

我前半生的岁月有点生锈，却因渴慕，停顿再停顿。

我拦截竹影，写下一些往事。主角是我，配角是大漠的少年，执手相看，霜叶满天。

无边的安静，青黄截然出一摞摞目光，串起一声声惊叹。

而我听见，空中划过的鸽哨，从西北的天空扑过来。

一棵竹，在云端生根，发芽。

安且吉兮！

3

静下来的影子，被西风吹着，模拟藏龙卧虎的山山水水。

一把竹剑，挥毫泼墨出西北腹地的山村，那些白杨和榆树，统统成为新竹王的兄妹。

借着风，我粗糙的文字，新生的惊讶，眯缝出反复的竹海。

之前的安吉，我无所谓。之前的我，安吉无所谓。

所谓与无所谓中，我险些摔倒，大西北的走姿，在大竹海水土不服，扭扭捏捏出的一段行走，独一无二出一个异乡人。

我反复着喜欢，我反复着忧伤，我反复着惆怅。我在反复中反复着自己，直到白发衍生出昌硕的一撇一捺。

多好的江南啊，多好的安吉啊！

安且吉兮！

4

这辈子的期待，开始环佩叮咚。

居然习惯突然跌入江南天池的圆润，还有冰雪想象的快感。

在西北偏北，在西南偏南。900米与2000米的悬殊，缝合距离。

地老天荒，天荒地老。一些情话狠出一块地老天荒的石，文字憨态十足的沉默着，沉默了很多年，才复制出另一个我。

南风反复赘述痴情的想象，梦的裙裾，摇出一些文字，随便一看，且是昌硕的笔迹。

"昌硕文化"贴在安吉的眉心，硬的柔软，柔软的坚硬。

安且吉兮！

5

《诗经》所指的地方，脆生生出木瑟，铜镜，笔洗……

一个个站立的温暖，一个个遗址的响指，弹出古越国的记忆。

此时，我是古越国里吹箫的女子，吹着吹着，笙开始独步孤舞。

习习竹风，树影斑驳出别样的安吉。

我笑着，我哭着，灵魂最终倒在山水的隔壁，倾听安吉的生生世世。

胡人从远古骑羊款款而来，青瓷的烛台，旋开一个个黄昏与黑夜，相思在沉默。

我的瞠目结舌，成为对安吉最主要的表达。

我的诗句开始落单，我自嘲愚钝。原始的步调，一路狂奔，在黄河岸边，卸下拘谨。

安且吉兮！

6

黑眼的猫，叫熊猫的黑眼猫，捋竹咬叶。像我儿子小时候的模样。

艺术的竹，竹的艺术，一些柔软，泅开竹海的影，摇出荫凉，让陌生乘凉。

我关节突出的手指，与一枚毛竹做了个比较。我窃喜，我还年轻呢！

绿与淡淡的烟草味，拓展出一万章散文诗。

自由呼吸，呼吸自由。

内心嘎嘎作响，感动是匆匆那年的传奇故事。

举杯，泪溢出文字的信笺，湿了一个日子。那个夏天，开始变得有棱有角，连同记忆。

温暖的目光，让我打开嗅觉，以干净的火焰，燃起思想的熊熊大火。

被绿色火焰撮合的激情，瞬间，完成灵魂的洗礼。

我饮下茶白，不，还有那些紫色的野花，以及风的守望酿造的诗文，沉湎，贪婪成安吉的酒徒。

安且吉兮！

用转山转水转佛塔的行囊歌唱宁远

1

宁远的宁，宁远的远。宁远古城的古，宁远古城的城。

宁远的宁……

我像转山转水的喇嘛，口中念念有词。

其实，我是宁远的城，我是宁远的泉，我是宁远的山，我是宁远的海，我是宁远的岛，我是宁远的河，我是宁远的滩。

我是宁远转世的风，我是宁远转世的雨，我是宁远转世的光，我是宁远转世的月。或许，我是宁远转世的草，长在青砖里的草，叼着时光的铭文，转了一世又一世。

生生世世里，我是永恒的宁远……

2

我在离开，我在潜伏，我在徘徊。

五百余年，我转世了五百余次。我握紧时光的拳头，狠狠击打大地的面具，还有思想之外的思想，还有我遇见自己在一场场争斗中麻木和枯萎了的忠贞。

六七四十二，就是四十二平方公里的领地，我闭着眼睛，向左又向右，向前又向后，向东向西，还向北向南。永恒，春和，永宁，威远，延辉。我不怕迷路，方方正正的城，脾性也方方正正。

所以，光阴允许狂热允许痴迷，允许冷漠允许安静，允许蟹一样的行走，保持特质。

站在文庙前忏悔。意念匍匐在状元门、状元桥、大成殿……

十万粒雪，十万缕风，十万束光，十万滴雨，十万只箭镞，十万朵故事，纷纷而来。

3

我在时间的倾斜中醒来，一些诗句盛开。

宁有多么宁？远有多么远？

我在黄河岸边垂手而立，站立成雕塑的样子，巴望着从宁远射来的神箭沾着菊花岛的海风，捎来的一枚桐叶滴着三百年的露珠。

我隔着万里遥迢的山河，把爱拧干，以温暖划开的生疼，隔绝兵荒马乱的痉挛。

梦在一把铜壶的滚烫中醒来，我用沉默赞美，接近辽的晨昏，唰唰几笔写下两千多年的凝重、沉稳、豁达的高与低。

这就是宁有多么宁，这就是远有多么远！

4

这些年来,我在关内隐秘,我成了那一世的王,挥挥手,把"关外第一市"的牌匾写给兴城。

请不要惊讶,就是兴城。兴城的兴,兴城的城,吱吱呀呀都是我的宁远。

我悄悄把袁崇焕的灵魂移植到大西北,栽种在青藏高原的天空,满目的蓝,炫亮宁远的夜。

香吗?甜吗?苦吗?咸吗?辣吗?酸吗?反问是个好习惯。

身披古城五百九十年的硬度,穿过宁远的隐秘,我默默地从听雨中拔掉自己。

请原谅我惜墨如金。就在昨夜,我梦见我的前生是古城墙角的一株草,过了很多年,然后落地,然后转世。

5

我用世上最珍贵的颜料来描摹记忆,用世上最温情的字眼来雕琢爱。那些幅式雕嵌的金字匾额,用古色古香用美轮美奂抒写宁远的传奇。

透明渗透的诗篇,铺陈宁远曾经的千疮百孔,百孔千疮。

蓝格盈盈的蓝啊,白格花花的白啊,绿格幽幽的绿啊,灰格扑扑的灰啊,我举着世上独一无二的扩音器大喊。

于是,海风吹过宁远的纯粹,燃烧酣畅淋漓的畅想。你去了,他去了,大家都去了,去抚摸灵魂,去抚慰陈年诗篇。

突然,我是卖酒煮字的老妪,是打着黄泥小屋客栈老板娘的名义昏昏欲睡的老妪。趁人不注意,我用荒漠的风,我用滔滔的黄河,我用波澜不惊,写下我用转山转水转佛塔的行囊歌唱宁远。

自此,我对着大海一遍遍默念:宁远的宁,宁远的远;宁远古城的古,宁远古城的城!

云端上的甘南

阳光和风的协奏从未离弦

1

风蹑手蹑脚来到我的文字时，云朵恰好压低了卓玛的端坐，一抹湛蓝也擦亮了扎西的张望。

爱在陌生的某个地方，涂鸦文字研磨的时光。

心是不会疲倦的。

黄昏依然记得风撩发的姿势，于是，很贪恋地开启回忆模式，在绿意铺展的地平线上，弯出一支歌。

十指抚琴，对着一只鹰，弹唱一首老得不能再老的情歌。

鹰会听得见时断时续的歌声吗？

风低低地回答：看我的心情。

甘南，我的甘南啊！

2

风也有心情?

可是,等候的那颗心会受伤吗?

如果受伤的话,有时故意翻江倒海一段往事疗伤,是绝对正确的吧?

如果可以,不再敷衍内心,不爱就不爱,结束就好。

本来,忘记就好。

一个人,总会遇见一个人。在一个个遇见里,心总会躲在云端,地老天荒的誓言,怎经得起风的撩拨?

十万火急的风,一点也不敷衍,依旧心生向往。

卓玛依旧,扎西依旧,他们还是他们。甘南还是甘南,草原还是草原。

只是,一些心思像鹰一样在盘旋。

3

如果有一天,我走丢了,那么我会腾空所有的记忆,任凭爱由着性子,写下关于草原的诗歌。

卓玛在挤奶,扎西望着那只鹰。我的目光跟着扎西的身影游移。

风,对我狂吠,姿势像极了对陌生狂吠的藏獒。

那抹铺到望不到边的绿,巧妙地把一颗颗珍珠散落,黑的、白的,大的、小的。犹如一串项链,挂在草原的颈项,任云朵欣赏,一天一天,一月又一月,一年又一年。

我那些嫉妒的文字无比苍白,继而失忆。

心情与心境的真,盛开在初夏的云端。

寂寞,回忆,想念,心的江山,断句一直旋在风中。

暮春,初夏,一只经筒的情愫,在六字真言中永远反复……

4

卓玛打好酥油，扎西顺好马鞍，我准备上路的瞬间，恰好起风，恰好花落，恰好想念……

一切恰好，恰好的令人无所适从。

一切恰好，恰好的令人惆怅万千。

恰好，恰恰好。恰好的遇见，在我咽下一口奶茶的转眼，秋草的那抹黄席卷了我。

我撩撩额发，对着一侧低低盛开的龙胆花诉说。花瓣复制深海的蓝，也效仿天籁的深邃，幽幽地开着。我很想采一朵别在耳际，扎西的眼神鼓励了我，我真的摘了一朵，真的别在了文字的耳际。

在云朵漫天的一次次重逢中，我的心分外地寂寞了。

在一种心情里结束一些奢望，我准备随时离开。

我不舍的甘南，我不舍的草原啊！

5

云朵依旧，鹰依旧，还有草原鼠，躲着我的目光，偷偷地伸懒腰，游戏，晒太阳。

我是想学着卓玛背水，挤奶，打酥油，还有指挥牛羊的本事，柔美与粗犷，让心也狂野上一次。

我还想学着卓玛跨上无鞍的马背，揪着马鬃，打个扎西擅长的口哨，跑上好几圈。

然而，我一次也没有做到，我是甘南的过客，我是草原的过客，我迷失在草原黑漆漆的夜里。

我惆怅万千，心在那顶帐篷一侧支起锅灶，学着古人；青梅煮酒，吟诗作赋，还不合时宜地煮了一锅思念。

思念，很烫。

一些滚烫，烫伤了一切。包括空气，包括草色，包括刚步入心底的桑烟，包括遥远的你……

6

心被俘虏，只好对自己说声 sorry，对阳光、对清风、对一些情愫说声 sorry。

忽然有些颓废，陷入一种与草原割裂的状态。

我只有坐在桑烟深处，任风起花落。渐行渐远的情愫，在一去不返的光阴里，愁肠百转，万千回眸，只在瞬间颠覆执念。

一扇窗，朝着心的方向，开合只在瞬间！

一枚叶，悬在心间，枯萎只在转眼！

一个人，走了就走了，想念永恒在转身之间！

还好，卓玛一直在，扎西一直在。

还好，阳光和风的协奏从未离弦。

在卓尼，等候风的到来

1

是否记得，我沉迷的那个地方，离我很近，就叫卓尼，在临夏之侧的甘南。

那个地方近的遥远，我始终迈不开灌铅一样的双脚，绵软无力的躯体，沉醉于几碗青稞酒，分不清向西还是向南。

你是知道的，我是滴酒不沾的女子，却醉卧在洮河岸边的青稞田里，即使诗歌热烈的目光，也无法令我拔出被灌饱的灵感。

风总嘲笑我没有定力。

2

抿一口十万粒青稞酿成的酒，假装成行吟的歌者，学着鹰的模样，盘旋，展翅，俯冲，抵达后，一头扎入洮河最深处，做一尾石花鱼，由着自己的性子，游着悠着，直到无法呼吸。

那么，就做水底的一株青稞，与水草结邻，做有绿卡的移民，整日饮酒作诗。看打马而过的牧人，用马蹄声丈量他的草原。

那些鹰的领地。远了。近了。

一滴洮河水，温润属于我的一方砚。

我的一方砚，无须雕琢，无须打磨，为我而生。

3

我有一方砚，一直舍不得用，生怕我握笔的姿势，拙劣的横撇竖捺，赶跑灵气。

自从拥有那方砚，我把自己作为洮河底的一枚石块，千挑万选、下料、设计、制坯、开膛、合口、雕刻、打磨、上光、配盒，试图也成一方砚。

如果你喜欢，可以由着你，研磨，搽笔，不怕磨损。

一千年前，我就是藏在云端里的一滴水，遇着风，遇着光，自由飞越。飞到青稞田里，籽粒饱满成一株青稞，穗头沉甸甸地等候岁月的开镰。

岁月的一弯青镰，不肯轻易开启。

我等着，一直等着，直到风干的记忆，有了岁月的痕迹，依然等着。

永靖私语

春风十里，我在等你

1

闻到初春的味道时，我在默默打算，与你在刘家峡的街头走一走，不管云朵，不管河水，不管枣树的惊讶，踩着微风，只是走一走。

我会假装成帅帅的男子，只要你愿意，只要你喜欢，挽着你的纤手，扯着你的衣袖，把才情和目光牢牢载入这个四月，追着黄河，向西，一直向西。

手机，相机，摄像机，安慰远道而来的时光。我毫不夸张地嗅着树影下的暗香，露珠回望逆流而上的惦念。

一些淡淡的忧愁，就这样没了方向。

或许，我的心思早就被你猜中了，乘我做梦的间隙，哗啦啦地翻山越岭漂洋过海，落座在我措手不及的水中央。

是否，你的转身，挟裹五百万颗心逆流而上，辽阔刘家峡，辽阔渴慕的心和步履，顺便也勇敢了我的心事。

你是我的姑娘，抑或我的少年，乘着专列，静静地让我重温爱情，并在微光中镀上金子一样的誓言。

2

爱，一直是阔步向前的。

去年，秋花正艳时，我曾经暗暗地用文字丈量过南滨河路的长度，只是没有猜到我们上辈子的秘密，要在这个四月终结。

梧桐叶凝聚了我守望的一些时光，一天一天。

戴围巾的女子低头，把好看的目光，一下一下，栽进土里。

戴草帽的男子踮着脚尖，把希望一次次地摁入方寸之地。

浪费了多少时间之后，迷恋宽了的指缝，瘦了的时光，因为你，刘家峡突然霸气地甩甩衣袖，一片海就浮现了。

火热的红，魅惑的紫，艳丽的黄，素雅的水红，纯洁的白，芳菲情愿。

我用文字梳洗打扮一番，在晨昏、在午间、在分秒间，把素心挂在一棵枣树上晾晒，而后在朝圣的人流里，默默地把不痛不痒的诗句嵌入滚烫的背影。

3

为了让你圆满我的等候，我只能做一个旁观者，在如意公园，在南滨河路，混迹于人流，围观陌生。

你毫无顾忌地打开自己，在心的角落，我没有地方可以落座，只好蹲着，我蹲的一点不优雅。

有什么关系呢？我在等你，千千万万个等候会释然你的风尘仆仆。

我肆无忌惮的爱，一点也不矜持。矜持什么呢？没有人会在意旁观者的姿势。倔强与安静，在你倾世的盛开中也成一朵花，专属你我的心花，孤芳自赏也是境界。

阳光刺眼，我眯缝着羡慕的字眼，假装面无表情地追着吹泡泡的女孩。五彩的泡泡，被风送过来，一串串，大大小小，不及我细看不及我伸手去接就消逝在我眼前。

因为你，转瞬之间，心很疼。疼着疼着，疼出了你的模样。

4

风依旧，我压缩着狂喜。

来来往往的笑声，我一点也不感到惊讶，只是对着手机屏幕，细看一颗颗洁白的牙。反复看，反复揣摩一些词意。牙洁白，也齐整，不像心，有些裂缝。

身旁的女孩，怂恿她的奶奶摘帽，留一张有你装扮的相片。

我也举着手机，摆着最为满意的表情自拍，只是那张脸，那个眼神，很陌生。只好放弃。

背对陌生的表情，很是惶恐。

一个个花枝招展的女子，在我的素面朝天里，让自信张牙舞爪地与我对峙。

一个个男子，假装的沉稳与擦肩而过的转眼间，一丝不易觉察的目光，追着飘飘的衣袂，极不情愿中收回的欢喜，被我一一笑纳。

我笑纳的片段和剪影，足足可以拼成一部长达三百集的连续剧。所以我窃喜。

5

一个冬天，霜花勾勒的茂盛，在斜阳下安稳惊讶的心和目光。

这些年来，我没有背叛渴慕的目光。

多少的想念，时间的泪，我能体会。就这样等着你的日子，心花不会枯萎。

微信上的美篇，我不需要下载。本来，在十里的春风，我用娓娓动人的情歌安慰了桃花，然后用静静的真，大把挥霍喜欢你的理由。

你柔软的目光，像一粒子弹，穿过我的胸膛，镌刻在那些彩陶的颈项，而后把心事一下扯到五千年前。

恐龙足印稳稳地收下你的目光，按入亿万光年的彷徨。

罗家洞沉默不语，注目你落座后，款款深情送给芦苇去打磨。

枣花还没怒放的青春，青鸟的天空一直瓦蓝瓦蓝。我不怪你的多情。

春风十里，我在等你。

6

心在云端，爱翻卷的风口浪尖摇曳浪漫。那些不相干的人都来赶赴你我的邂逅，一定是你过于高调的妖娆惹的祸。

天亮了，夜深了，喧嚣遇见喧嚣，相遇更美了。

睡在路那头的月亮，守着一封阳光没有写完的情书，其中的隐喻，只有风可以阅读。

河水哗哗又哗哗，一生锻造的情话，在某次拥抱里，被月色大段大段地抄袭。

被你安放的乡愁，在开往早晨的午夜，沿着银河，向一扇心门敞开。

天河的星光没有黯淡，一些心伤抱歉地愈合，封存的心事，密密麻麻地被定格在镜头下，一再陌生。

我承认，我有些嫉妒。陇上江南的暮春和初夏时光，被你席卷了所有的灵感。所以，我心甘情愿，写下一万本关于你的无字情书，在风掠过麦田的时候，以期你的回眸。

回忆落地成泥，痴心把春天揉进我的中年。

我愿做枕河人家檐下的一挂风铃，生生世世撞出叮叮当当的声响，守望爱情从远方归来。

7

我的心事像枣花一样细细碎碎，透过阳光在宣纸上窃窃私语。

守望多么奢侈，相依多么珍贵！

枣树舒展的臂膀，似乎更婀娜了，萌动的爱在轮回里等候转身，在记忆散落的诗行深情一往情深，然后度过一生的认真。

风，沿着河水的呢喃，沉吟，悄悄地圈出异乡人的方言。

花枝招展的人们，忽略了我的等候，纷纷抒写爱和欢喜。在简单中幸福，在幸福中简单。

你轻轻一瞥，我心一下子就绕着河声去了。

是否，你是有预谋的？

是否，你要赢得红山白土头一株草的爱情，所以把我放置在心的浅滩，成为你写给异乡的一章散文诗？

某年某月的某一天，你袖手旁观，把一些寂寞，扭成瞬间，让心上人去采摘，宛如摘草莓、宛如摘枣、宛如摘苹果，摘了所有人的目光还不够，还要霸占微信的朋友圈，用直溜溜的身姿，再次晃疼手指和眼神。

8

摄影家都是追赶光阴的人，用光影把你婉转得很是精致，水灵灵的，一招出水的激滟，勾勒出你是春光里的王。

诗人们怀揣不安，生怕字眼不够深情不够煽情，不能让你在一片欢喜中灼灼。

我深深迷恋，无论你存在的方式有多夸张。

一声鸟鸣，踩着河堤心尖上的话语，啁啁，一直啁啁，直到你华丽的落幕。

"我行过许多地方的桥，看过许多次数的云，喝过许多种类的酒，却只爱过一个正当最好年龄的人。"

你是那个正当最好年龄的人吗？我的疑虑不是一个好习惯。

我想应该是的。要不然，不偏不倚不早不晚，我为何沉默这么久，才在春风十里的爱中等你？

焦虑一些没有关系，恍惚与封闭之间，无论你是什么样子，我会等你三生三世。

9

生活中的那些排比句，一点也不押韵。还有拟声词，显得空洞。莫非我失了听觉，听不出喧闹中划过的一声鸟鸣。

一扇无法触及的心门，被岁月轻叩，在过往中被撞开之后，平淡管制的情绪，摇摇晃晃出的朝夕相伴，都虚拟在陌生。

双脚发麻了，心也发麻。起身，眩晕席卷了不雅的蹲。其实，不为讨好你，小坐多好，为何为难自己，为难心情呢？

在这个春日的正午，背对陌生、背对自我，义无反顾地变身，成为你热情的仰慕者，一点也不难。

不愿为难自己不愿辜负春光，只好沉默地做一名旁观者，蹲在想念的边缘，静静地捕捉一个泡泡，一次次地迷恋自己。那不是我的错。

你我之间，那道最温暖的底线就是信任。所以，我毫不吝啬地把你的等候铺进欢喜的拜谒，默默地等你退场依旧坐拥我文字的江山……

在关山遇见你

1

在蓝蓝的黄河水波里抵达关山，很是惬意。被夕阳轻吻，被晚霞抚摸，还有那醉人的歌声，直抵心扉，幽幽地开出一朵花，摇曳着关山香味的花。

沉默，疯狂。风是罪魁祸首。

百合之乡滋润了蓝蓝的黄河水，奔流再奔流。翻山越岭到南方，传唱甜蜜。

站在康家湾社的山坡上，一株株，亿万株齐茬茬出的幸福，站成永恒又高调的守望，在风中飞歌成画图。

关山的子民，守望泥土下安静燃烧的白金子，守望成一只火烈鸟，展翅，腾空，载着期望，载着收获的喜悦，向着远方飞去。

我站在云端，你也在云端，在我的左侧。我们都默默地看着。老屋，炊烟，田野，河流，红山，白土。

亲爱的，如果累了，就不要犹豫，跟我去关山吹吹风，望望夜空，看看星星。

我会不计前嫌，我会变成一只大鹏鸟载着你，过河涉水，哪怕伤痕累累，也会让你优雅地落座在向阳的山坡上，观日出，饮甘露。

2

清澈的关山，朵朵花儿迸发的万丈光芒，熠熠生辉在西北高地。

爱一点也吝啬，把关山燃烧成一片火红，燃烧爱。

目光有时很安静，在青山村的一隅，成飞行器。上山，下坡，成一条飘带，镶嵌在八楞山的经络，冲入神话故事的悠远。

在风中，人间的烟火，打开又一个神话的大门。

晨雾里，百合田里的舞者。很多年了，手里的铁铲，钝了打磨，锋利了反复，剔除执拗的草儿，一年一年。

一些人背对霞光，背对我的欢喜，在一小块、一大块泥土泛着百合的香甜里，放大希冀。

一杯茶，晃荡着山野的江山，浮沉的茶香，与馒头一起听着鸟儿的爱情，招惹我。异乡人成了故乡的主人，戴上一顶花花的凉帽，提了陌生的茶杯，离开的淡然，离开的理所当然。

亲亲的关山，亲亲的百合田，亲亲的陌生人，请原谅我想带走你的一腔至爱。把微笑放回原处，偏生的欢笑，响在风里，清脆，动听。

关山的心门就这样一直洞开。凤凰岭、神树岘、森林公园，用金子一样的心接纳过客和异乡人。

接纳在不知不觉，悄悄地隐藏爱，像百合、像黄芪、像党参一样，心底透亮的沉静，很金贵。

3

纵使一些心思，走着走着，被风挟裹在等候的路口，不辞而别，我也会原谅你在关山的见异思迁。

一些人来了又走了，目光始终精读、细读一切。做不完的梦，在收割机与一弯青镰的执着里，让麦田的梦想訇然成一首情歌。

你可曾看到？诗人挥动臂膀开镰的梦，捆入麦捆的瞬间俘获了美好。

你可曾感知？一些人安静着，把美好一揽入怀，任风痴缠。

一些故事也不矜持，依旧深情地站立在关山。

五月的花儿盛开时，关山在安静地描摹季节。渗入大地的痴迷，在月色的最后一分钟里兜兜转转，最终转出一个欣喜。

或许，安慰你、安慰我的还有那块胡麻田。胡麻的饱满渗出纯香。

我是如此喜欢，渐渐慢下来的光阴，任爱窃窃私语。我在关山的山坡上用美满抒写遇见。

　　异乡的月光，照在心所向的那个方向，站在一角，俯瞰西固、俯瞰唐汪川，听黄河的歌唱，嗅刘家峡的花香。

　　关山的爱不是简单的爱，是冰凌、是雾凇、是百合、是滑雪场芊芊玉手莹白、剔透、光亮、独有的恋。

　　幸福的关山啊，避暑的天堂哦，请让我所有的遇见，反着月色成一朵花，盛开在生死之间。

第五辑　黑白时光的表白

安静的一月

1

司空见惯的一个午后,风呼啸着穿过我的纸端时,我打了一个喷嚏。

那些喧嚣似乎受惊,安静下来。我开始信手翻一本新的台历,翻得一点也不娴熟。

一页,两页。每一页像一个孩子,快乐,忧伤,孤独,重复着简单与不简单。翻开,合上,轰轰烈烈的一年,被我翻的四周一片寂静。

一首曲,几行字,少有的慵懒是阳台上的一杯隔夜茶,数着心情漠视窗外一树的繁花。

安静。静寂。台历哗哗,流水的声响,我是唯一的听众。

有些日子翻得痛彻心扉,比如姥姥的祭日,比如父亲的祭日。姥姥不说话,迈着小脚赶路;父亲换了个发型,穿着军装挺立。

我开始用墨镜遮挡记忆,为了一月的风刮不疼双眼。

路过的风，过路的风，一些忧伤蔓延。

隔着黄昏，隔着昏黄，我信誓旦旦。

2

一月很安静。一月的安静里，我有足够的勇气面对。

野花入眠的晨昏，我的城市在想念。

梦从梦中醒来，按部就班。我醒了睡，睡了醒。

很多故事巡游的激烈，或许累了，卸下一层一层的铠甲，与我对视。

我有些骄傲，所以淡定也有点骄傲。

我不介意日历翻耕的季节，也不介意开花的乡愁袭击掌心的云朵，我固执地在城里描写乡下。

我也不介意，青梅与竹马远去。

我更不介意，寂静的日子，那片蓝给你诉说的情话写下晨色微凉的传奇……

长久以来，日子安静到动情乃至流泪，那是我始料未及的。我的感动极简。

3

一些花朵在盛开，一些在凋零。盛开与凋零在拥抱中彼此安慰。

至少十年了，我藏着莫名的心碎，在夜里放弃一些自由的想念。

于是，会听夜风讲述。言语犀利，逐字逐句，似在酒泉乡下客居的那些夜晚。

呜呜，啊啊。总是撕心裂肺。

安静招惹的麻雀，叽叽喳喳，在大地的宣纸上纷繁又缤纷成花朵。

忘却也是一朵花。忘却忘却，岁月的站台热闹的安静，酷似一个哑剧。

经年的素简，隔着一些回不到从前的情愫，在长发及腰的故事里走远。或许转身就是陌路。

安静耳语：离开这个黄昏，去寻找你去的方向。

捂着心跳，我合上台历，如同合上打开的心事。静寂完美静寂。

二月的习惯

一月的安静里，我撕下伪装。去伪存真！

狠心，可怕，伪装者，令人失望……面对诸如此类的词语，是否也要去伪存真呢？答案是未知数。

夜无论多深，会揭掉伪装的羽衣，大地对天空的尊重和理解成为最温情脉脉的倾诉习惯。渐行渐远的，是季节对风叠加的思念。

词语依次渗出灰色的故事，我突然失声，对着镜子说不出话。

然后，然后吞服止痛药。氨酚待因片是最好的止痛片，头疼，牙疼，胃疼，世上所有的疼，包括心疼。一次两片。

如果这个二月的心疼了，我买两盒，兑水喷洒。

如此，所有的疼都不是疼，包括秘密。

我的秘密风知道。我的秘密是一曲挽歌，是一朵花。我的秘密盛开时，我的秘密不是秘密时，我在恋爱。

二月的秘密是什么？是习惯所有的不习惯吗？

习惯所有。于是，那些爱犹如在春天里容易走失的风一样，我丢了自己。

素年里的一些俗念，开始认真。

风吹开的二月，爱在游走，不留缝隙。胸膛贴着花朵和流水的叹息，还有流动的一些骚动归隐在赤色的崖壁之上。不，血色之上。

面对血色，那抹蓝足以证明，爱的深沉和善良。那么，就允许人世间的善良，写出逐字逐句的爱情，以微笑或遥远，或咫尺。

二月的习惯有些凌乱，或成景，或一片混乱。

山水相对，以沉默诉说温情。心情在置换，在暴露，在延伸。

二月的风激励温暖和温情唱的情歌：爱是水做的你……

我在不老的情歌里习惯沉默，与二月的习惯一起披上习惯的外衣。

穿越一个城市的一生，需要习惯所有的习惯。

习惯辽阔的荒芜，习惯荒芜的辽阔，习惯敷衍。习惯与敷衍是对这个二月最大最深的伤害。我拒绝所有的敷衍，哪怕敷衍会结出透明的果果。

在三月，一次次饮下文字的毒

1

春风，度与不度，我都随心所欲调换模式。极简与纷繁。

爱在蓬勃朴素的生长。光阴拽着我行走人间，在静修面前没有底气。

惊奇，凝神中一枚叶子醒来，臂膀舒展无法预知的青春。

日子也一天天醒来，我一次次饮下文字的毒，灵魂游弋在三月铺排的字里行间，无法拒绝人间的喜欢与爱。

所以我在假装。假装成一枚叶子，假装成一只工蜂，还假装成云朵下的风筝。我告诫自己：即使假装，也要穿过大半个陌生，找寻春的恋歌……

穿行里穿行，我的目光贴着青草的绿色，羞于提及穿行和梦里的细节。

2

阳光醒来又入睡。一些鸟雀在歌唱，阳台上步步挪移的温暖，似有曲终人散的味道。漂泊也始于阳台？我有些忧伤。

亲人远行的背包在一个傍晚打好。厦门，广州。拉萨，伊犁。南之南，西之西。行囊嵌入的乡愁，想象在反复。

没有雕琢的月色，怀揣的情话，让一个个黄昏端坐。

冬麦返青，春花悄悄地开了。

我没有忘记自己，灵魂没有忘记，一直醒着。

风在生长。婀娜，妖娆，简单，张扬，愤怒，温柔，笑语盈盈。暗香的羽翅掠过村庄，穿过城市，翻山越岭，抵达心之高地。

3

越来越柔软的风，平平仄仄出一个别样的三月。仄仄平平，平平仄仄，空虚被流水漂白，温暖揉成的情歌，也开始平平仄仄。云朵的垂爱在风中复活，我行走的方式也在平仄间腾跃。

我开始做梦。哼唱，涂抹，低语，然后饮下一些文字的毒，一次又一次。

风愈发纤瘦时，喜欢的人，爱的人，在我的梦里反复穿行。

风打扮的越好看了，我依然在做梦。村庄，小城。背影，目光。反复切割梦的版图，巨大的悲怆变得微弱。

风忽而稍微安静时，我在梦里折叠往昔，有时泪流满面。眼泪，隐藏在一首歌中醒来诉说很久不会的牵挂。

我吻着一枚叶子，吻着我的灵魂，在三月的春分里沉默，用一样的沉默灌醉平平仄仄……

四月的忧伤

1

　　四月的风，一点也不温柔，总是吹皱一些往事。皱巴巴的记忆，令骨血都感到生疼。

　　或许，无法分解一些惆怅，是回忆的硬伤。

　　那些花事之后，一抔黄土开始渐渐忧伤。一把二胡在四季的封尘下，也开始忧伤。不知如何拉奏的弓，也开始学会拒绝。

　　清明的雨滴，带着雪意。时空的秘密，在我的固执里，一点一点地隐藏，最后开始荒凉。

　　岁月的指尖，不肯接纳回忆丁点的温存，往事的欢喜悲忧经不起风的触摸，假装安静，任光阴塑身，并一再优雅。

　　优雅是多么煽情的词，可是我却无动于衷，麻木在春光里，虚构咖啡与杯子的第三种爱。

2

　　一直纳闷，心为何会发呆，对着田野，对着日子，对着记忆，在发呆中想念。

　　十九年前的别离，把思念和追忆种在心田上，用文字翻耕，施肥，收割。来来往往的风，穿过人生的每个拥抱，怅然面对一抔黄土的冰冷。

　　村口榆树斜斜张望的姿势，像极了姥姥的守望和父亲的站立。

　　很多年了，榆树的站姿没有改变，我的思念却原形毕露在风中。

　　几只羊，一只狗，寻寻觅觅，在一丛黄花的明媚中一再重复。

　　我站在路口时，霜雪已经漫过了山岗。

　　某年某月某日，我风尘仆仆地从春天跑来，穿过炎夏的河流，最后蹲在老屋的檐下等候我的姥姥我的父亲。

　　我在四月如此得忧伤。

3

　　忧伤的四月，怪我前世爱得不够深刻，所以一手制造了追思，对吗？

　　这些年来，与姥姥和父亲在梦中相见，或者不言不语，或者说点家事，让我每次泪湿枕边，甚至哭醒……

　　这么多年，我像得了软骨病的人，总是直不起腰，因为生命中的忧伤太多。

　　原来，我类似轻盈的躯体乃至诗心，只是一个假象，我的骨头缝里，渗透着沉重、感伤，以及不可言状的痛。

　　我试图用温柔，用抱歉，安抚树墩生命中不能承受的轻。然而，我的双手灌满了无奈，即使影子，也厚厚无比。

　　星光总是干净的，一些文字晃疼最初的干净。

　　干净的画板上，画笔下笔的速度，超越心跳的速度。扑通扑通地舞动,亮出不忍目睹的决绝。

那刻,忧伤是安静的。

4

我的转身,你的转身,所有人的转身,在一念之间忧伤人间最美的四月天。

指尖的余温,在目光的万千里沉浮,甩出去的留恋,触痛一束束风信子半开未开的春天。

很多人,在明晃晃的春日晾晒一生,没有人注意到我们的转身,风承担了遇见之后的沉浮,还有铺陈在字里行间的喜忧。

很多事,与别人无关。让一半的一半,撤离花语的是非之地,逃之夭夭是上策。

就这样,转身。一些话,无法开口。一些离开,是注定的遇见。

花儿一朵朵地开,毫无关联的场景,让叶子的一生挂满泪珠,那些泪滴,叫作伤害。

苦是必然的,无须难过,皱皱眉,大口大口咽下的瞬间,过往也一并终结在黑色的汤药里,沉淀所谓的情。

我在花香中挽起格子衫的衣袖,撑开淡然糊的纸伞,穿梭在人流中,以最快的速度离开。因为生怕你的回心转意,或者回眸。那么,所有假装的洒脱会坍塌。

放弃必须彻底,不可以藕断丝连。即使我们都没错。

5

某个下午的遇见,穿红毛衣的小女孩,在我的转身里,举着她的小手,摆着姿势,任凭她父母的手机,一一捕捉。

我的心事，与小女孩无关，与风无关，与春天无关。

风转身的瞬间，剩下我一个人的心事也在转身。

深呼吸，深呼吸。转身的恰到好处与毫无保留，默念四月最后的一点温暖。矜持呵护着眼底的春光，再多目光的牵挂也无济于事，身体打开的时刻，那些米粒一样的花朵讲述故事。

怎么那么温暖呢？轮椅上的老头老太太，四月的忧伤在他们的眼角难以捕捉。

隐身悲伤，让爱显现。季节留给我们的伤疤，一念之间放弃了愤怒。

我的一念之间，遗憾、伤悲、别离、感伤、愤怒、欢喜也放弃了，包括你。

6

三生石上的缘浅缘深，有缘无缘，岂是一个"缘"字了得？

我一点也不贪心，要什么三生三世，这一世就足够了。

我发觉我病入膏肓，用一首老歌做蒲扇，在不需要风的药罐前，学着古人的模样娓娓道来。扇着扇着，直到药味沁入骨髓，而后穿过声声的叹息，关闭心门，在晚风中倾听忧伤。

一味花时间的巨款换来的药，很昂贵，我只好统统删除所有记忆里的忧伤，权作药引子。

一些人，走了就走了，我用心忧伤，忧伤着四月的忧伤，直到忧伤成一地的碎片，任我捡拾的态度也变得忧伤。

四月的忧伤，开始灼灼十里的桃林，开始让忧伤忧伤成珍贵的忧伤。

五月的香气圈住生长的灵魂

1

小满之前，小满之后，招摇是美好的故事。柔媚生香。

牡丹仙子在招摇。小城也在招摇。我也开始招摇。灵魂也开始招摇。

夜里，仙子卸下羽衣，与安静隔空耳语爱。香气四溢。

忽然想到喜欢的一个词：碗大汤宽！碗大，汤宽。碗里有生香的牡丹，汤有原始的淳朴。文字的灵魂也举着大碗熬汤。

多么纯净，多么纯粹，多么简单，多么平静。做一个碗大汤宽的人，沉醉自己，沉醉灵魂，圈住所有的生长。

于是，记忆路过过路的风，了一眼难忘的瞬间。我嗅着香气，静坐窗前，望山看河。

2

　　星光寥寥，讲述夜与白昼的故事。

　　村头的满天繁星里，流浪猫很愤怒，吵醒了一些入睡的植物。远方的朋友被雷声惊醒后失眠。醒了又入睡的人，一直醒着的人，一直酣睡的人，让夜晚变得比白昼更丰富。

　　我一直醒着。咀嚼着怀念，庄稼的味道混着青草的气息，丰满了乡间的角落。我怕黑，怕夜里任何的响动……

　　噼里啪啦，啪啦噼啦！娶亲的人在噼里啪啦里远去，在牡丹的香甜中开启香甜模式。

　　冲一杯咖啡，单曲循环《风居住的街道》。我原谅自己的恍惚。我原谅牡丹沉醉的夜晚，我有些忧伤。

3

　　很多事，很多人，在风里转眼不见了。

　　温情似乎渐渐消弭。我一边学着敷衍一边拒绝敷衍。

　　冷落修饰一番后粉墨登场，终是自由的风。

　　花开半夏，我在反复练习以文字调的鸡尾酒。风知道的，我是滴酒不沾的人，调酒是为了敷衍酒后的万千话语。

　　如果，一杯只能看看，两杯只能闻闻，三杯方可曲解想念。那么，就来六杯。

　　我给鸡尾酒配了一叠藕片，藕眼留驻的是爱的铮铮誓言。

　　于是，我酩酊大醉。

　　于是，我记住了三毛说的对自己残忍一点的话语。我的确有些残忍，残忍地把一些不想安放的爱恋画成圈圈，圈住文字生长的灵魂。

　　天亮了，我准备入睡了。

六月的素与简

1

　　嘀嗒，嘀嗒。嘀嗒嘀嗒。我担心花儿嘀嗒的声音惊醒打鼾的回忆。

　　雨巷，诗人，丁香一样的姑娘，油纸伞，默默嘀嗒着。

　　千里相思情未了。我在凌晨三点入睡，四点醒来。我一点也不介意六十分钟的入睡，被嘀嗒的想念叫醒多么不堪。

　　在夜里站立，听夜花绽放。素与简中，我是我的一朵狗尾草。

　　我翻着生长的梦，数着落地生根的美好。云朵窒息的西藏，辣辣的成都，三角梅缠绵的昆明，枕河人家的江南，梦依旧是自由的。你的梦走到天边边也是我的，唯一的我与唯一的你。

　　此时，善良，我深爱的善良妖娆素白。

　　素白是妖娆的孪生姊妹，妖娆矫饰了尘世间素白的呈现……

2

六月在山水的风中驰骋，灌醉目光灌醉记忆。

我忽然听见蚂蚁搬家时的议论，时而热烈，时而安静。

渐渐推入的智慧，庞大，上升，下降。我突然变成一只蚂蚁，思考自己，思考六月。

我开始狂热自恋，光影交错的瞬间，爱杜撰的心境花园里的一枚叶子，正好静寂，正好释放。

无我有我，有我无我。终于沉寂，终于安静。

喜欢是六月的调调，涅槃也那般的完美无瑕。我正视喜欢喜欢欢喜的完美，精致。喜欢自始至终的喜欢在腾跃，变着法地腾跃。

熟悉，陌生。陌生，熟悉。然后就是相互的亏欠，在伤痛中让喜欢与亏欠水乳交融。

夜风装不下的故事，六月打包成一朵花，在雨夜绽放。我也继续绽放。

3

爱上花香，爱上盛夏的味道与遥遥相望，爱上形影不离，是我的风格。

狼毒花？打碗花？毒的认真，毒的寂然无声。自恋也是毒，一次次与自我重逢。

与很多人，不需要来世的重逢和遇见。

穿越是我的强项，所以我无所顾忌地钻木取火，洗劫你视野里所有的光。我只愿让你刻骨地记得我。

彻夜仰望也是我的特长，仰望爱的专场一次次拉开帷幕，我宁愿腐朽，也会让生死不渝依旧光鲜，依旧香甜。

记忆里天空的蓝与白，漂洗十万年，我也能准确地从人海中捉到你的眼。爱的路上，忘记了承诺也好。其实，哪有承诺？

4

　　六月对于爱，一点都不多余。

　　咖啡，意面，南瓜粥，白水。吃饭，聊天。友情如咖啡，如白水。信任如波。

　　喧嚣之后，必然静寂，也必须静寂。心思默默生，又默默长。一切在默默中静寂。

　　风自拍上瘾，上瘾也不是坏事，风在等着我做一个终结者。

　　风与长在水里的云朵谈着轻柔的恋爱。我知道的，风暗恋那朵云很久很久了。那是怎样的恋？那是怎样的暗？

　　对于过去，我学会了珍惜。

　　对于你，我始终死心塌地，离开与找寻，用我的一辈子。

　　远方有诗人有作家有朋友。南方，北方。尤其草原之乡。西道加的摩托车载我飞驰在草没膝的牧场，还有我喝过奶茶吃过糌粑的帐篷，还有与加白不懂各自方言的说说笑笑。

　　我想去陌生的地方，很远很远的远方，补偿自己一次次的约定抑或擦肩。

七月的风持续不断地吹

1

七月的风继续吹。我依然很虔诚，依旧在夜晚打坐。

清晨七点，我抱着阳光出门，在街头晾晒我的财富。

阳光走过的地方，我的内心漫起水雾。

卖香菜的老太太，卖洋芋的汉子，卖杏子的俊俏媳妇，还有卖玉米棒子的老头……还有一股一股束成的韭菜，堆放在小女孩的眼前，她蹲着，盯着过往的一切。她的目光像韭菜一样嫩，也是一股一股的。

街头散发着泥土的香气，我贪婪地抓着，抢着，然后送给我怀抱的阳光。

洋芋，香菜，杏子，韭菜，还有窜入眼角的豆角，勾着城市的目光和心扉，没有修饰，平静地诉说关于泥土关于大地的故事。

一切丰满，厚实，滴水不漏。

游走是一杯醇香的咖啡，将我嵌入七月的深处。白天踩着风火轮，风一样穿行，与一些人擦肩，与有些人相见。

　　我突然失忆，有些不堪，有些郁郁寡欢。

　　我突然稀罕阳光，稀罕七月的风，稀罕草木在城市漂浮的气息。

　　稀罕是个词，仅仅是个词……

　　如此，我卸下我的悲怆，卸下无可避免的伤痛，卸下我奔跑的灵魂，还有城市给予我的微小的暗伤。

　　我想再度变得豁达一些，像乡村一样豁达。

2

　　清晨，持续不断的风，蓄满时间读我。我也在阅读城市和乡村，还有有心与无意，无心与有意。

　　我在重复，我在沉醉，我在怀念。

　　一位汉子在喝茶，茶锈斑斑的水杯，就着一块灶火滚烫过的馍馍。他的布鞋还沾着泥土，鞋帮上一层一层的泥土，像地头的花花，一瓣一瓣地开着。

　　我悟出了厮守的味道。于是，转身抹掉睫毛流泻的感动。

　　我忽然想遗忘，遗忘街角的疲惫，遗忘汗珠的咸涩，遗忘村口的张望，遗忘城市的心跳，甚至遗忘自己。

　　所以我一点也不介意风用我的目光感知爱，如果远方的你愿意，我可以把我的眼睛给你，你也可以用我的目光去看海，我还可以把我唱给你听……

　　如果可行，我愿化作一方青石，只为篆刻你的名字，篆刻属于我的乡村和城市的爱情。

　　如果可以，我宁愿把自己当作一株草植入大地，在风里呼吸，在田

183

野里写散文诗，用粗碗装咖啡，看着牛羊撒欢草木恋爱，看着自己长发及腰……

我自言自语：让那些承诺化成月光，让我毫无保留地爱着，即使你没有对我说关于爱的一个字。

无意之间，我在冷落。我变得越来越不认识自己，看不清自己惹不起自己不了解自己。

放空。空放。奔跑很累。累于奔跑。

3

有一天，我从晨昏的一个传说中走来。和政，卜家庄，大古台，空中花园。飞羽开启的每一刻在诉说七月的传奇。

七月的有些梦和有些话，是我给你的留白。如果你也爱，如果可以，我愿在这个七月的传说中杜撰文字生生世世的爱恋。

如此，我无法降伏自己。所以让爱让魔躲在灵魂深处，走遍一种又一种寂静，滤掉一种伤悲又一种伤悲。草木弄不清，我们之间的距离。于是，我微笑着忧伤，直到我横穿你的世界。

一次又一次，风的鼓动下，我突然忘记自己和纷纷的人世间，忘记形形色色与前尘往事，甚至忘记你。

所有的忘记之后，在一声鸟鸣中回归，归于平静归于安然归于淡淡的惆怅，归于雨落大地之前。

阳光透过绿意伸展妖娆，鸟鸣越上枝头奔跑。纷繁与寂静是孪生姊妹。

风吹过，你长出了翅膀，我侧身躲入满山满坡的浓荫，让俯身的思念有模有样。从此热烈，从此纯粹。

走着看着，雨沸沸扬扬的索然无味。说着念着，风了无牵挂的穿越。

一些事横亘心间，沉寂的沉静。

我备好风，备好月光，还备好酒，只等你来共饮。

4

风雨里，烦忧一摞摞，惆怅一筐筐，只剩喜欢的人在认真地喜欢。

雨声不绝于耳，已然忘记。我想在雨里奔跑，我渴望沉沉睡去，即使醒来白发苍苍，只有檐下的雨帘，挂在心上。

我学着种植甜蜜、伤口、爱情，种植鸟鸣、季节。远方不远时，我还没看够喜欢的景喜欢的人，一个接一个的晨昏里我已垂暮。

只能这样。是的，只能这样。

那么，不要惊讶我的白月光收集尘世的花朵。那些自称懂得方言的麻雀，在月光下一点也不收敛，满头大汗，叽叽又喳喳。

星光开始有些黯淡，我在白昼寻觅属于我的星星。那该是怎样的一颗星呢？风风火火又毛手毛脚，抑或沉静如你？

一切似乎是香甜的。香甜的令夜色无所顾忌地放牧十万匹白马，围着我的帐篷，打着响鼻说着情话。我在行走，绕着白马和帐篷。

我惊讶我的行走忘乎所以又尽兴，或孤独或默然，即使满身上下带着暗藏的狰狞，我依然热爱行走如同热爱你一般。

风高云低，雨点若有若无，为了取悦毫不相干的喜欢，岁月的指端结茧。我的十指生疼。

七月的风，归程的风，来就来吧！

用惊艳修饰八月的晨昏

1

  我已经好久没有说话了,沉默的不像是我自己。煅烧,炼制。我由着自己的性子说话,吃饭,睡觉,写作,像个王。
  其实,我就是我的王。
  匆忙绑架着的很多日子开始慢下来,开始停下来。
  我用惊艳修饰八月的晨昏。直到黄昏凝结瞬息的浪漫。
  我开始学做一个牧人,在秋阳下放牧自己,放牧属于我的只言片语。

2

  万木之心高擎瓷器一样光洁的日子,宽厚,真实,简单。
  我的笔记本上的花开了,纷纷扬扬,像一场雪。温情喘息后静默,打量尘世。

我开始捕捉，用无影的网。

我想网住八月的阳光，风，空气，还有云朵，还有文字的江山。我也想网住每一个路口的转身。

我的影子是温暖的。

3

我开始默默无闻。在立秋的夜晚，数着我的王子的鼾声，掰开往事的玫瑰饼，一一捡拾属于我的八月，我的王子的八月，家的八月。

我开始亦步亦趋。在午后的小忧伤里，喷发的热情高过花朵的芬芳。

豢养的文字，犹如葵盘宿营的上百万粒爱，粒粒静美而又狠毒，啃噬我的骨血犹如我每时每刻的想念。

走一路丢一路，丢丢捡捡。记性和忘性，丢了捡，捡后又丢，还好，心没丢，灵魂没有丢。

4

落寞是惆怅结的果子，我不舍昼夜的奔跑，终于结果，然后得意。

爱是腐朽半掩半开的喇叭花，一无所知的秘密横穿而过，我双手合十，默念那些年的遇见和遇见后再次的遇见。

我笑着数着星光，数着秋蝉的歌唱，数着自己的肋骨溢出的文字泪流满面。

秋的寂静与欢畅，轻触灵感的指尖，让我写下细碎的阳光和低头不语，复制露珠的初恋，誊抄叶子的情书，等风起等天微凉时游走。

5

梦中的老屋在楸子的酒红色中变得淡然。

春日粉白的树荫下，我等着落花的翅膀翩翩在我的肩上；夏日青绿的枝梢，拴着我的张望轻轻推下一枚果果让我酸涩童年；秋日血色的伞盖，覆盖一场我想象中的露天电影，我是主角，还有一个陌生的青年也是主角，楸子是配角。

八月散漫的抵达将要抵达之处，饱满宣告风的惬意与欢喜。

乡村比城市更散漫，像一枚红红的楸子，等着露白的夜晚与清晨。

我的爱恋隐藏着，虫鸣与镜子，风马牛不相及的故事，徐徐拉开秋的大幕。

九月渐次打开诗草的前世今生

1

风的闲言碎语,有一句没一句。

熟悉的景致陌生擦肩,居然没有最初的感动。与有些人,同搭一辆车,甚至同坐一把长椅,习惯沉默不语。

没有理由的相识,相逢是阿拉丁神灯的灯芯。与花草的遇见,与草木的相逢,让我的灵魂自由,为了喜欢在喜欢之上。

九月渐次打开诗草的前世今生,我依然是我。

我拍的全景照片,像演的动作片又像喜剧片。

所有的爱情,选择西风灌入枝梢。所有的遇见,在夜半人面桃花的年轻里不合时宜的绿着。一直绿着,等待繁花群起……

从开始到现在,我没有想过抵达你的心连同你的思想。我没有勇气和胆量让有些托词牵强附会。

这么美的九月，这么美的景致，我原谅自恋如同原谅我的无知。

我珍惜属于我的每一个晨昏，每一次的遇见，每一个瞬间。包括你的每一次寒暄！

我喜欢大地上的风物如同喜欢你。我痴迷每一次的行走如同遇见。我贪恋分秒的美好如同贪恋乡间的花草。我爱你如同大豆花和洋芋花一样纯粹……

我语无伦次地记录中记录再记录。苔花一样的爱被记录。记录被记录，一直一直。你被记了又忘，忘了又记，最好忘记抑或想念。

风吹来的一片花田。我的目光越走越远。

清浅时光里，你有特权，你有资格，你有一万个理由喜欢我……

2

习惯世事变迁。习惯自恋的一惊一乍。

雨大，我没有伞。低头速跑，院子里车子一辆辆，排列稠密。雨下得稠密，我跑不快，我找不到回家的路。

于是，我的感伤成一朵花，安静地怒放在每一个晨昏。喜欢于欢喜，欢喜于喜欢。苦也自然，痛亦自然。有些苦无须诉，越诉越苦。有些怨淡然一笑最好，越怨越疼。昨夜敲了几粒字，梦里居然又是田家村的场景，还有童年的记忆。

我想改行去当医生，治愈一不小心风很喜欢也很想念的深夜。还有静夜的单曲循环，痴迷像看哑剧隐藏着的指纹与密码。

人世间的情意，谁说得清呢？顺其自然还是我行我素？热爱着热爱，喜欢着欢喜，忧伤着忧伤，黎明静悄悄地粉饰安静！

真的，假的。假的，真的。

花田在远方。此刻，花田张开翅膀。习惯渐行渐远的透明，习惯流年温暖的纷扰世间。是的，习惯。如同喜欢一个人，就算默默地喜欢，也要喜欢的认真！

我喜欢这个九月，真的很喜欢，很喜欢很喜欢。

请允许我中年的游荡，请允许我认真的老去，也请允许我的爱跌入蹒跚之前叮嘱你不许忘记我为你写的歌，还有世上独一无二的情书……

趁众生还在熟睡，我的情愫私奔在万水千山与万里窈窕的草木之间，摒弃心与空洞，空洞与空洞。

3

秋光万里，美好的一天从琴声从歌声中开始了。

想到一些人，甜丝丝的。提起一些人，些许的坦然。与一些人的交往，也就止于此刻。那些我喜欢的人，那些感动我文字的骨头里，藏着千年前的旧时光。

你是我前世的情人。我相信那是事实！

在某个地方，总能遇见一些陌生人。你，我，他，大家都很陌生。独坐，安静，或者放空。

目睹现代爱情故事，被鸟雀们翻唱得不错。恍然的梦是一首诗。

纸上的爱恨情仇，成为庄稼地里的故事。我在九月铺开的宣纸上遭遇温和与悲伤，因为恋秋，想念的夜与夜的念想，让我的喜欢：一个被山里人喜欢的调调，一遍遍地沉湎。

对于草木的是非，我无暇顾及，我只是路过的人。

九月的河黄，有些画面依然，我依然。

安慰风的结局很完美。微雨落得正好，遗憾伴随记忆的陌生，一声叹息。擦肩是两个人的事。

九月的夜雨与夜雾，任世上的风言风语穿墙而过，继续打开诗草的前世今生。

我没有足够的勇气诉说或是面对。在梦的田埂上落座，周身沾染田野的芬芳是多么的奢侈。或许，在安静、沉默中让掬得起的目光定格瞬间。或许，在慌乱、忐忑中让雨滴一样的情愫滑过心尖。

我也没有胆量攫取年轻，为等你而等的这个九月。

心与心，蓝与蓝，白与白，绿与绿。一切在露白之后。

4

秋，深浅都不重要，无关冬夏。思念从我的喜欢中落地，那是自然的寒暄，我即使悲伤，也微笑着临窗而望，隔着风。

依着风的顺序，依着爱的顺序，依着远方的顺序……我的燕麦，我的野花，我的羊群，我的山坡，我的细细草，我的草原我的湖光山色，我的词不达意的江山熟了。我要收割什么呢？

我在收割面前一无所知，所以我学会了下毒。除了用文字，还会用秋色下毒。

我不敢眯眼，看着秋色一簇一簇，听着秋色一寸一寸，直到我眩晕，直到我忘记你又想起你。

我居然在倒叙。其实没有那样复杂，我安慰自己。

我会时刻想着草原的样子，尽管有风夹杂在青稞田，夹杂在胡麻和燕麦地。野花依旧零星地开着，剩下的结籽。我不会全身而退。即使草原披着岁月厚厚的盔甲，我也不会全身而退。

也要在你的心上刻上我的名字，让你永远记得我。

这样，我只能把你复制的歌声，钉在夜晚，钉在草原，钉在江南，还钉上刻骨的想念，与宁静组装成散文诗，在意念里排解相见！

十月的心事

1

我有一万个理由赶赴你的约会，即便我成一只火烈鸟。

我抵达的时候，你正坐在诗歌的田坎上，托腮，似乎在沉思。我舍不得惊扰你，只是默默地向着你的方向，静静地站立，直到一场雪的到来。

不知你是否忽略了季节，忽略了我，没有转身。

我可以忽略一切，但不能忽略你的存在。

一首歌飘在心底深处，反复的旋律，像极了山坡上那朵不肯凋谢的山菊，一直努力明媚着。

我期望一生的日子被你的目光腌渍，把我打磨成一把青铜刀，用一个马家窑的坛子，顺便把我的文字连同我的故事都装进去，而后封口，埋进你喜欢的麦田。

很多年后，那块一直葱绿的麦田，穗头沉甸的是一部《诗经》。有你。有我。

2

心海总在起伏，一本喜欢的书里，一位喜欢的诗人安之若素，像一尾美人鱼，游弋着，若有若无的目光触痛了我的诗行。

我说过要带你去看海的，可是为何你迟迟不动身呢？难道是为了拒绝我率性的表达。

爱情总是会被你忧郁的目光戳痛，像犁铧过后的土地，一次次被翻耕，血淋淋地把五脏六腑掰开在天空下。

那株遗忘的狗尾草，孤独成一帧西画。一弯苍凉蔓延再蔓延，一直深入我的骨血。

难怪我的文字毫无血色，原来我的爱情一直苍白。

唐朝的月光都伤心了，说唯有你可以替代，可是我分明看见你用沉默做了最认真的拒绝。

那么只好如此！就以这样的方式开始，以这样的方式结束！

3

你说你的行走离不开风的时候，遇见，你，我，还有风与花花草草，蔓延的情愫，成一首秋日之曲。

或许，秋风漫过草尖，已抵你的眼眸。对吗？

我把一些笑容，一朵凋谢的花，一个匆匆的过往，以及瞬间的情愫，通通写入记忆。

风吹过来，我似乎看见青草漫过的绝望，以及那些渗透的悲凉。你远行，背影远在远方之外。我，静坐，体悟着你的静美和苍凉。

日子好难过。此刻，那些难过俘获了我的心，稀里哗啦成泪人。

夜里，雨毫无征兆地来了，敲打着玻璃。一下，两下。紧接着三下，四下。

你听见了吗？

4

我原以为，急匆匆的日子，会把我的爱恋裹入怀里，甚至在一片秋声里慢上半拍。可是因为你的突然出现，我学着飞人行走。

忧伤似尘埃，如我收藏的那个发白的征稿启事一样，紧贴风的内心，有意无意在潮起潮落间。一直想参赛的，可是你用淡然阻止了我的诗情画意，所以放弃。

那么只好放弃，一点防备都没有的心疼。

就这样，你在我的世界里消失了，不见了。可是你的声影却刻骨地存在于我的心海里。

月色总是那样撩人，一些诗句闯入我的心事，翻遍记忆，搜寻关于你的深情与表情，还有关于你的消息。

5

一朵花半开未开，横在路边，我舍不得去摘，只是顺手摸了一把，宛如抚摸你的背影。

黄昏如期而至，感觉开始忽明忽暗，我想我是勇敢的，为了博取秋的欢心，我把仅有的爱情束之高阁。

哭泣多么难堪！那首关于你的歌谣疯狂了渴念。因为有了关于你的消息，一粒春天栽种的柠檬发芽了，暗合了花盆的惊喜。

失落开始无声无息地放逐自我。

一枚叶子，正好入怀，不偏不倚砸中我的泪痕。我没有刻意隐藏，只是相见恨晚，把你挤丢在了人海。

伤痛从暗夜涌出嘶哑，如果没有遇见，何来的想念？

我把你藏在这满目的秋色里，抬眼就能望见，让风摆造型，我都情愿。

所以，别怪我喜欢这些秋色，以及你。还有用隔夜的茶，用陌生诠释的旧梦。

6

逃离，在一个枕河人家的檐下，歇息，站立，看河。灯影下，河面有点飘摇，缓缓又缓缓。

一扇窗，一首歌，一个人，花花世界，梦，哭，笑，爱……堆积的情愫，红尘中的茫然，能释怀吗？

我素颜已久，用风景梳洗打扮，只为等候你的消息。

你或许一点也不知道，否则我的梦里怎么没有你呢？

在这秋色，我即使使出洪荒之力，没有你，我如何举得起爱？如何让爱安放于心呢？

这些年，不知谁路过了你的世界。

或许，你一定怪我，为何偏偏穿越了你的世界。

做一朵十一月的霜花穿透宿命

1

年轻时为你写的诗句,在老成的季节里多愁善感了淡然,这些,你一点都不知道。

你一定不知道。

旧日的书签,青春的痴恋,在勾兑的怀念中,一些甜蜜和苦涩统统打包,装在岁月拆封的邮件中,借着那些错过就不在的时光里,一次又一次地简单自己。

往事的风,越过千山万水,悄然驻足聆听别人的故事。

那是别人的故事,偏偏灌入我的耳朵。

我的故事,黑白记忆被宿命分成两瓣,一瓣欢喜,一瓣忧伤。

留在记忆里的暗香,舞动一枚青木瓜的美好。

一些幸福毫无动静地盛开,最后成一滴水,落在记忆之海。

你想让我多看几眼，我却折叠目光。彻底又彻底。

我不肯多看一眼，几百万字面前，我何须打开自己？

2

多久，没有如此被黑夜穿透？

隔着窗帘，一些目光在游移。

游着游着，想念在我不容置疑的惊讶里消失，很彻底。

次日，我又在注目。

然而，我没有理由令自己快乐令自己伤悲。

你远去的时光里，那抹情愫不知给了谁？你抑或你的影子，总之与你有关。

面对面的时空里，我是吝啬鬼，不肯让寄生的爱延展。

霜雪过滤的牵挂，含情脉脉的有些悲怆。我忽然感到"荒凉"的解释有些滑稽。

那么，就让虚漂的情，抡起愤懑的石斧，狠狠地砍伤我吧！

即使体无完肤，我也会认真面对，面对关于你我的一切。

3

一朵霜花，不偏不倚盛开在诗行的末端，我的王上，还沉睡在梦境中。

其实，那朵霜花，是我花费了一生的积蓄，蓄积了陌生的熟悉和熟悉的陌生调和的痴情换来的。

心事蹑手蹑脚，试图盛开的优雅些，让花瓣舒展的更有张力，色泽再圆润点饱满些，以期你一睁眼，就能看见美艳，闻到花香，还有一丝丝的温情。

我宁愿被蒙蔽。如果可以，宁愿做一朵霜花，盛开在你的清晨，无论你知晓与否。

我宁愿被撕裂。如果可以，宁愿做一朵霜花，潜行在你的梦里，无论你在乎与否。

我宁愿脱落。如果可以，我宁愿做一朵霜花，专属你的霜花，即使被相忘于江湖！

那么，让挤挤挨挨的情愫，在泅开的冰清玉洁里，你在，我在，就够了。

十二月的阳光与风描述幸福

1

即便我模拟了无数次冬日的风起云涌，还有云朵干裂的心碎。我终究还是局外人，是格尔木影子里的一枚硬币，落地的声响，记不起盐湖里半滴的水花。

我不在的时候，桃花溅落的寂寞是千千阙歌。歌声里湛蓝与洁白突围，盐粒与冰突围，心也在突围。

面对蓝与白，我总是口无遮拦。

风一点也不失望，那些年的婀娜，妖娆是云端之上的念想。所以，让一把利斧劈了所有不快。或者说，让一抹蓝洞穿所有……

草黄，云白，天蓝。每一次的遇见与邂逅，都是生命的一个短句。

目光跃来跃去。夏河，同里，伊犁，苏州，鹤壁……无关紧要的人与巷子，驻足与游走的飞扬，在循规蹈矩的出游中默默无闻我的别离与倾诉。

总有遇见。繁华，孤单，高调，低调。

风与阳光太野，大雪封山之前，我将从南走到北，看该看的景，走该走的路，唱该唱的歌，想该想的人。

风景，景风。浮光，光浮。动静，静动。

2

夜雪初积，积雪如花。我想穿花寻路，直入白云深处。

我有春天给予的护身符，所以我不惧怕谎言。

灵魂在低语：谎言是谎言的护身符，风是风的护身符，云是云的护身符。还有那明媚的蓝和荒芜，也都隐藏在护身符下，心安理得的晃荡远方。

我没有炫耀。我宽恕那一抹蓝，宽恕那缕刮过青海湖的风，宽恕这个金贵的十二月。

大雪小雪又一年。把察尔汗盐湖的盐粒权当雪，把你也权当雪。我抓取一捧盐粒，扬开。

冰，草，影，像。还有蓝，还有白，还有枯黄，还有灵魂的安静……

让背影也荒芜成记忆，哪怕无法永恒，我也要有一棵胡杨的样子！

没有更好的办法拒绝喜欢，只有假装，假装穿过大半个陌生找寻熟悉……雨打在玻璃上，我乘车西上。或闭眼，或发呆，或与风与雨点说些风趣幽默的话。若无法前行，停车听雨，然后听音乐，读喜欢的文字。

我在白昼做梦！